可以悦读·外国文学

［日］
村田沙耶香
著

生命式

seimei-shiki

魏晨 译

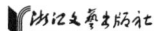

时光的结晶
（作者序）

我时常觉得，人们在潜意识里是相互联系的。

比如在旅行的时候，那片土地的气味、语言的声音、食物的口感、邂逅的人所说的话和脸上的表情都逐渐进入身体之中，即使随着时光流逝而被全然忘却，也会凝成结晶散落在自己的潜意识里。

2010年，我到北京参加了中日青年作家会议。那是一次非常重要的旅行，所以在我的意识中留下了诸多回忆，在潜意识中我也一定受益良多。

这本书收录了我18年作家生涯中创作的有些奇妙的短篇小说。我运用潜意识写作，或许那次旅行的记忆也改头换面散落在书中了吧。这样的话，这本书被翻译成中文、送到中国读者的手中，可谓是一种奇迹，着实令人欣喜。

这是一本奇妙的书。我对和它相遇的读者心怀感激。期待有一天可以再启重要的旅行，获取新的回忆。

seimei-shiki

目录

生命式 | 001

美妙的材料 | 043

美好的餐桌 | 065

夏夜的吻 | 091

双人家庭 | 097

巨大星星的时间 | 109

波奇 | 115

魔法的身体 | 123

风之恋人 | 141

拼图 | 153

品尝街道 | 187

孵化 | 221

seimei-shiki

(　生命式　)

在会议室里吃饭时，公司的年轻女同事突然停下筷子抬起头。

"说起来，总务的中尾先生好像去世了。"

"啊，真的吗？"

聚在会议室的5个同部门的女孩子不约而同地看向她。

"好像是脑梗死。"

我眼前浮现出中尾先生和善的笑容。他是一位头发渐白的优雅男士，经常把客户赠的点心分给我们，是个待人温和、彬彬有礼的人，离退休只剩下几年时间。

"明明还很年轻。"

"真的是，这是什么时候的事？"

"好像是前天去世的。今天早上他的家人给公司来了电话，说是今晚举办仪式，希望大家尽量都参加，说这也是故人的意愿。"

"是吗，那今天中午少吃点吧。要不，就不吃甜点了。"

我和同年入职的女同事将没有开封的布丁放回便利店的塑料袋。比我大一岁的前辈一边将土豆炖牛肉放入口中,一边说:

"中尾先生好不好吃呢?"

"会不会有点硬?他很瘦,又是肌肉型体质。"

"我之前吃过和中尾先生差不多体型的男人,相当好吃。虽然筋有点多,不过口感还挺柔软。"

"对啊,男人炖出的高汤更好喝。"

收拾好装布丁的袋子,同年入职的女同事回头问:

"池谷小姐你也会去吧,生命式?"

"嗯……要不要去呢……"

我边吃附近便利店买的海苔便当,边歪头含糊其词。

"诶,为什么啊?啊,是不是池谷前辈不太喜欢吃人肉啊?"

"不是不是,只是最近胃不好,而且又是生理期。"

"生理期啊,那倒是。"

年轻女同事点点头,貌似认可了这个回答。

"但是,生理期也有可能受孕。还是去生命式比较好,没准能受精。"

我应付着笑了笑,就着瓶装茶吞下浇了过量酱汁的白身鱼。

我小时候，吃人肉是被禁止的。我应该没记错。

在对吃人肉的风俗习以为常的世界中，我逐渐对记忆失去了自信。不过，30年前，当我还上幼儿园的时候，确实是那样。

上幼儿园时，在校车里，厌倦了接龙的我们玩起了列举想吃的东西的游戏。孩子们列举出"云彩！软绵绵的看起来很好吃""水黾，感觉甜甜的"等等答案，其中一个孩子说到了大象。

"很大，感觉能吃得饱饱的。"

贪吃的孩子说完，"长颈鹿""猴子"等动物的名字也陆续被提起。

轮到我时，我随口说了"人类"。

本来只是顺着说猴子的女孩子开一个小玩笑。

但是，我的回答令校车中一片哗然。

"哎呀！"

"吓人啊！"

列举"猴子"的女孩和我关系最好，连她都挂着鼻涕哭了："真保为什么说出这么吓人的话？！"

如连锁反应一般，校车里的孩子们接连哭了起来，车内一片大乱。

了解完情况的老师态度严肃，面色凝重地说："真保，即使是开玩笑也不能这么说，会遭报应的！"我垂头丧气。为什么猴子可以吃，但人类就不行呢？我怎么也搞不懂。

我现在依然清楚地记得，一改往日温柔，面露从未有过的恐怖表情的老师和她背后哭叫的朋友们，以及面色严厉眼神苛责地看着我、仿佛在说"这孩子怎么回事"的司机。我感到害怕，一言不发，在校车中始终低着头。

校车里的所有人，都以"正确"为武器来弹劾我。完全退缩的我身体僵直，仿佛谁要是怒吼一声，体内的恐惧感就会破裂泄漏一样，竭尽全力屏住呼吸而面色苍白。

可是从那时起，人类开始逐渐改变。

人口急剧减少，世界被"人类或许真的会灭绝"的不安支配了。这种不安使得"增加"渐渐成为正义。

30年的时间一步一步地，令我们改头换面。使用"做爱"一词的人逐渐消失，"受精"这种表示以怀孕为目的的交配的词汇成为主流。

并且，有人死去的时候，不举行葬礼而举办"生命式"形式的仪式成了一种标准。虽然也有举行传统守夜和葬礼的人，但如果选择生命式的话，可以从国家获得补助金，使得花销变得非常低，所以几乎所有人都选择举行生命式。

所谓生命式，就是男女一边吃死去的人，一边寻找受精对象的仪式。找到对象后两个人就离开，找地方进行受精。以"由死亡孕育新生"为原则的仪式与我们潜意识里执着于繁殖而蠢动的大众心理完美契合。

我感觉，最近人类的习性变得像蟑螂一般。听说蟑螂也吃死掉的同伴，快死的蟑螂会大量产卵。本来自古就有大家分食死者进行悼念的部落，这种习性可能也并不是在人类社会中突然产生的。

山本在吸烟室里点燃一支 1 毫克焦油含量的"美国精神"香烟，突然笑出了声。

"那么小的时候的事，你怎么现在还记恨着呢？"

这个公司名不副实的休息室不过是一块摆着自动贩卖机和椅子的空地，角落里设有一个吸烟室。

玻璃隔断出的吸烟区里，不同部门的人也经常聚在一起。我和山本也是在这里搭上话的。

山本是个微胖的男人，39 岁，比我大 3 岁。他脾气很好，聊什么话题都笑眯眯的，但不会肆无忌惮地笑，那种接纳别人的感觉让人非常舒服，不知不觉就把不和别人说的事情都和他说了。

我叼着"高亮"香烟的薄荷醇滤嘴，表示不满。

"不是特意记恨着，只是觉得 30 年前明明完全不同的价值观才是普通的，跟不上这变化。有种被世界背叛的感觉。"

山本眨了眨睫毛纤长的小圆眼睛。

"嗯，也不是不明白。说起来，确实，在幼儿园的时候，人肉还是绝不能吃的东西。"

"对吧！肯定是这样的，对吧？然而如今却把吃人肉说成天大的好事。我就是跟不上这个。"

"唉，今晚你打算去吗，中尾先生的生命式？"

"山本，你呢？"

对我来说，山本是"倒不是人肉反对派，可也不想吃人肉的伙伴"，所以如果他去的话，我就更有底气。即使在吃人肉成为主流的今天，也有强硬的反对派，这些团体以"违背伦理"为由进行反对的活动。但是，我和山本并非因为觉得吃人肉违背伦理而不吃。山本小学六年级时，在祖父的生命式上吃了没熟透的肉而食物中毒。我也不认为吃人肉有错。毕竟我小时候还开玩笑说想吃人肉。只是觉得，那时候用于批判我的伦理根本就是无中生有，所以愤懑不平。

山本挠挠后脑勺说：

"还是去吧，要是受精了也高兴。"

"嗯，那我也去吧。"

我抽完了自己手里的烟，又从山本的"美国精神"烟盒里拿了一支继续抽。

"这个味道好吗？烟劲小的话抽得反而更多，不仅多花钱，结果对身体也不好。"

"没事，我就喜欢这个浓度的。"

山本一脸享受地吐出烟。

因为抽烟的人少，我和山本独占了这个透明玻璃包围的吸烟区。

不足一叠的空间里，透过玻璃向外看，心情仿佛水槽中的金鱼。

我吐出从山本那里拿的香烟的烟雾。我和山本在自己吐出的白雾缭绕中边说无聊的闲话，边凝视外面清晰的世界。

晚上，我和山本一起前往中尾先生的生命式。生命式以生命的诞生为目的，所以大家都偏好穿暴露和奢华的服装。我穿着灰色职业西装，山本穿着红色格子衬衫搭配白裤子。

"在生命式上果然还是要穿鲜艳的衣服。"山本开心地说。

他偏黑的肤色和这身衣服并不太搭。

中尾先生的家在世田谷的高级住宅区。正好是晚饭时间，四处飘来饭香。这里面或许就有煮中尾先生的香味吧。

"是这儿。"

看着手机地图的山本停下脚步。我们的面前是一栋看起来略旧的大房子，里面飘来味噌的味道。

"果然是味噌汤啊。混着白味噌呢，味道应该不错。"

山本开心地动动鼻子，走了进去。

玄关贴着写有"中尾胜生命式会场"字样的粉红色模造纸。

"晚上好！"

招呼着推开门，从里面出来一位穿着围裙、满头优雅银发的女士。

"啊，欢迎。快请进，就要开始了。"

这位女士貌似就是中尾先生的太太。跟着她进了客厅，就看到已经准备好的锅。

在装饰着很多当季花卉的房间中央，放着两个用旧的土锅，推测应该是经常把自己做的焖饭带到公司的中尾先生生前的爱用之品。不愧是爱惜器物的中尾先生。

人肉有少许腥味，味道独特，所以一般来说不太适合用盐和胡椒煎烤这种简单的食用方法。多数是把肉充分炖煮后做成味道浓厚的味噌锅。人们大抵会找专业人士帮忙做烹调等工作。现在正好看见几个穿着工作服的男人鞠躬离开。

盛装的男女围坐在锅的周围。大家已经开始寻觅四周，或和中意的人聊得火热。生命式已经有了苗头。

"那么,现在开始中尾的生命式。各位,请多吃生命,创造新生。"

中尾太太边说边掀开锅盖,里面是和白菜、金针菇一起炖煮的中尾先生。

"我开动了。"

大家双手合十行礼后,开始吃中尾先生。将均匀切成薄片的中尾先生放入口中,大家交口称赞中尾先生。

"嗯,好吃。太太,中尾先生相当好吃啊。"

一位银发老爷爷边把肉填入口中边点头:

"真是好风俗啊。食用生命,创造生命……"

听了老爷爷的话,中尾太太用手帕掩面:

"是啊,我先生知道也一定很欣慰。"

"这部分靠近内脏的很好吃。来,吃吧。年轻人得多多享用生命才好受精。"

老爷爷要给我盛一碗,我赶紧制止:

"啊,我吃白菜。"

"我要香菇和金针菇。"

"啊呀,你俩讨厌吃人肉吗?"

老爷爷疑惑地歪着脑袋。

"那倒不是,只是以前曾经食物中毒。那之后,吃了人肉肚子就不舒服,所以才光吃蔬菜。"

"听了这话,我也不太好意思吃了……对不起。"

我道了歉。将整个人体加工成味噌锅是非常辛苦的工作。虽说有专业人士帮忙,但也要从早忙到晚。中尾太太略显寂寥地笑了笑,给我盛了白菜。

"不,没事的。不过中尾也希望大家吃了他,想吃的时候请随意吃。"

这时,靠里坐着,边吃肉边互相耳语、摩挲膝盖的粉色连衣裙女子和白外套男子手牵手站起身来。

"我们去受精了。"

"哎呀哎呀,这样啊。那太好了。恭喜!"

响起阵阵鼓掌声。那两人向中尾太太低头鞠躬表示"多谢款待""多谢款待,我们会努力孕育新生命的",然后手牵手离开了。

"希望中尾先生的生命能成为新生命重生啊。"

山本喝着中尾先生入味的汤汁,满足地眯着眼。

"是啊。今夜,能有多少对受精呢?尽量增加,越多越好。"

中尾太太温柔地望着味噌锅。混合红味噌和白味噌的汤汁呈现深褐色,看不清中尾先生的样子。

结果我和山本都没有找到受精对象,打了招呼就离开了生命式。

"哇!"

山本差点在小巷滑倒。

"没事吧?是不是喝多了啊。"

"不是,是鞋底……"

山本一脸悲摧地看着鞋子。仔细一看,原来是洒在街道上的精液让他脚底打滑。

听说过去做爱是更淫荡的事情,一般要躲起来做。我没有在生命式受精过,不过和恋人进行受精的时候确实还是选在了室内这种别人看不见的地方。可能潜意识里,身体中还残留着过去的风俗。

但是生命式之后的受精有种神圣感,可以在任何地方进行。我走夜路时遇到过好几次,真的就如同交配。感觉人逐渐变成了野兽。

"正因如此,又有中心建成了啊。"山本带着酒气说。

又有收容孩子的"中心"建成了。

受精后怀上的孩子,大部分当然还是以传统的形式当作家人来养育,但最近出现很多生父不明的孩子。特别是生命式连续举行时,这种怀孕就会增加。

因为以生育增加人口为重,所以大家也欢迎这种情况生下的孩子。

这种中心为了让有工作的人也能多多生育，设立了直接接管生下的孩子的制度。有的母亲在中心生产后，把生下来的孩子直接交给中心寄养，自己回家；有的先把孩子领回家，以后再自己交给中心。听说，现在组成家庭自己抚养孩子和生完把孩子交给中心寄养的情况差不多各占一半。

很多人认为这样下去家庭制度将面临崩溃而表示反对。新的生育方式的制度化好像并不像生命式那样容易被人接受。但是这样下去，没准非家庭制度下养育的孩子以后会占多数。那时人类会变成什么样呢，真是难以预测。各色研究者发表了他们的数据，态度有悲观的，也有积极的。

说不定，我们正朝着危险的方向变化。但是我们冥冥之中得到的结论是：如果不尝试就不会知道结果。

"中心儿童增加的话，会变成什么样呢？"

山本小声自语。这些事无人知晓答案。我们都在剧烈地变化着。仅此而已。

"早上好。"

我们用掌声迎接休了半个月假的女同事。

请假在中心生产的女同事返工了。她今年36岁，这是她第3次生产。

"在中心生下的胎儿，对吧？"

"嗯，在中心生完，直接寄养在那儿了。好累啊……"

"谢谢。"

"辛苦了，谢谢。"

大家作为人类的一分子向生下胎儿的人道谢。女同事高高兴兴地接过致谢的花束。

中心的孩子，不是作为某一家人的孩子而是作为全人类的孩子被抚养成长。听说健全的设施里，1个顾问负责照顾5个孩子。

我曾和恋人进行受精但没能怀孕，所以看到有她这样生了很多孩子的人就松了口气。大概我作为人类的一员，也希望和自己同种的生物能存续下去吧。

女同事接过致谢花束后坐到自己的座位上说：

"我平时也经常和恋人进行受精，但三次都是在生命式受精怀上的。好奇妙啊。生命式上的受孕率很高哦。"

"哇啊，好神秘。"

年轻女同事一脸着迷。

"不过好像也有点儿道理。人肉给人一种特别的感觉，一种神圣感，又好吃。"

"我懂！想吃人肉果然是人类的本能啊！"

我真想吐槽：你们这些人，明明不久前还说其他东西是本能呢。这世上就没有什么本能，也没有什么伦理，都不过是这瞬息万变的世界提供的错觉罢了。

"怎么了,真保前辈?你的表情好可怕。"

我低声说"没什么",喝了一大口茶水。

"还说本能什么的,大家脑子是不是有病啊?!你不觉得吗?"

我灌下一大口啤酒。虽然才星期一,可是已经忍不住要喝酒了,在吸烟室强行约了山本。这种话题也只能和山本说了。

我们并排坐在公司旁的居酒屋的吧台边,我目不转睛地盯着山本,放下了空酒杯。山本不置可否,只是"嗯嗯"应和着点头听我说,保持一种舒适的距离感。

"受精也是,我听妈妈说,以前戴避孕套做爱才合规矩,现在戴套反而被骂'怎么不孕育生命只为快感交配呢'。怎能教人信服。"

"哎呀,你不要这么暴躁啊。"

山本慢悠悠地将炸鸡块放到嘴里。

"你认真听我说啊。"

"听着呢。不过啊,你有点死脑筋。你把世界想得太绝对了。'希望世界如此这般'的愿望太过强烈了。"

"什么意思?"

山本撂下筷子，用湿毛巾擦擦手，摆出前所未有的郑重表情开口说：

"严肃地说，在这个所谓的世界上呢，人们把常识啦，本能啦，伦理啦挂在嘴上并对此深信不疑。但实际上这些都是变化万端的。你所感受到的并不是最近突发的，而是从很久以前就持续变化而来的。"

"那样的话，就不要摆出一副'一亿年前就如此'的样子来批判别人。既然一直在变化，那就不能确定。明明不确定，大家却如信仰宗教般深信不疑，太可笑了。"

"好啦好啦，世界啊，就是绮丽的海市蜃楼，一时之幻境。不是也挺好的嘛，尽情享受这只有现在才有的幻境吧。"

山本耸耸肩，再次拿起筷子，把猪肉炒泡菜和韩式烤肠盛到自己的小碟里。

看到山本光吃肉，我说：

"你也吃点菜吧，要不对身体不好。"

"不了，杂食动物不是不好吃嘛。我小时候明明觉得人肉挺好吃的，可爷爷的肉却不好吃。后来发现，因为他是素食主义者，所以我也想做肉食主义者来变得好吃一些。"

"傻不傻啊。"

"好啦好啦。吃美味，愉快地活着，死了作为美味被吃掉，变成孕育新生命的活力。我觉得这种人生也不赖。啊，谢啦。"

接过服务员端上来的热烧酒，山本开始自斟自饮。

我烦躁得想抽烟，山本轻声浅笑，注视着人声嘈杂的居酒屋中的那份喧嚣。

"我啊，觉得现在的世界不坏。你记忆里那个 30 年前的世界也一定不坏。世界一直在变色，现在的世界展现出的也只是一刹那的色彩。"

"……"

"我喜欢迪士尼乐园。"

我皱紧眉头。

"不是吧，我可讨厌了。"

"我猜也是。"

山本笑了。山本一笑，他的小圆眼睛就会只剩下黑眼球，长长的睫毛扑闪扑闪地颤动。

"在那儿，谁都不会去聊玩偶里面有个人的事情，每个人多少都说着谎话，所以那才是梦之国度啊。世界不是也一样吗？大家多少都说着谎话，所以这个海市蜃楼才能成立，所以才美丽，因为那是一刹那的幻象。"

"那真实的世界呢？在哪里呢？"

"所以啊，海市蜃楼就是真实。我们都是由虚幻的碎片聚集而成的，只存在于当下的真实啊。"

"不明白，也不想明白。"

山本笑了，烧酒从酒盅洒了出来。

"哈哈，池谷你活得真累。享受就好了，享受这一刹那的虚幻的世界。"

我吐出香烟的烟雾。是这样吗？世界的变化不是从最近才开始的，而是从比30年前早得多的时候开始，我们就在不停地变化了吗？

即使我明白山本所说的道理，我还是认为，有可能在某个地方凝望着不容置疑的真实世界。我感到这是极其孩子气的想法，摩挲受凉的肩膀，将热水稀释的烧酒一饮而尽。

山本拍拍我的后背，像是调侃我。

"你想太多啦！在游乐园里，云霄飞车是什么构造啊，旋转木马怎么运转啊，这些是不是想也没用？活得再轻松点。"

山本以恰到好处的节奏拍我脊柱的手的触感，以及穿过喉咙的强烈的酒精味温暖了我的身体。

山本身上有点玩偶熊的特质。我这么告诉他。

"是啊，所以我不受女生欢迎。"

他满脸悲哀。我突然笑了出来。

不知不觉间，寒冷消散，山本温暖的大手离开我的背去拿烟。从站在我右侧的山本那里飘来一团白烟，令我视野模糊。烟雾弥漫的另一端，是山本颤动着睫毛的笑脸。

就在那个周末，我得知了山本死去的消息。

消息来的时候，我正在房间洗衣服。那是个难得的天气晴朗的休息日，我将枕套和靠垫套放进洗衣机的时候，电话响了。

听说是周五晚上，和大学时代的朋友喝完酒回家的路上被车撞了。没什么外伤，可是撞到了头部的要害。

"所以，今晚举行山本先生的生命式，池谷小姐一定会去吧？你们关系很好……"

听到年轻女同事吸鼻涕的声音。

我不记得怎么回答、怎么挂掉了电话。回过神来，发现自己握着手机端坐在地板上。我恨不得给山本打电话问："你死了？真的吗？"

我木然地坐了不知多久。听到从洗衣机传来洗涤完成的电子音，我才条件反射地站了起来，机械地活动身体，默默地晾好了枕套和靠垫套。虽然知道不是干这些事的时候，但我实在不知该如何是好。

父母都健在，而祖父母辈都在我出生前就去世了，我到这个年纪才第一次经历亲近的人死亡。自己手上的动作、湿靠垫套的触感都渐渐脱离我的思绪。从阳台进屋时脚下一绊，我慌忙抓住纱窗。

这时，手机来电铃声又响了。

"……喂？"

"那个，请问是池谷真保小姐的号码吗？"

"是的，您是？"

"我是山本庆介的母亲。"

我屏住呼吸，对方继续说：

"抱歉突然电话打扰您。那个，我看到犬子手机来电记录里经常出现您的名字……"

"哦、哦，我在公司里承蒙您儿子的关照。那个……请您节哀顺变……"

我磕磕巴巴地回复，电话里传来释然的叹气声。

"啊，对不起，是公司同事啊。我还以为是和犬子私人关系亲密的人呢……"

貌似是把我错认成了山本的恋人之类的人了。说起来，山本抱怨过，他妈妈不反对生命式但反对家庭制度的崩坏，经常和他说不要生中心儿童，要组建家庭。听说山本为了不让妈妈担心而谎称自己有恋人。似乎他告诉他妈妈，因为自己有固定的恋人，所以在生命式上就不怎么进行受精。实际上并没有这个恋人，所以他妈妈就给留下很多来电记录的我打了电话吧。

"那个,我和山本先生在不同的部门,他是我非常重要的酒友。请允许我出席今天举行的生命式。"

"谢谢您。犬子一定会高兴的。"

"唔,请问从今天几点开始?"

突然想起,刚才明明在电话里问过了,可见我有多么地心绪纷乱。没拿手机的手揪着连衣裙,紧攥成拳头。

"这个啊,暂定18点开始,但是可能还得晚一会儿……"

"啊,好的,这样啊。"

"我和女儿一起准备,但是进度很慢,可能要晚点。"

"就您两位准备吗?"

我很惊讶。生命式的准备很费事,如果没有特殊的理由,一般会把包括烹调在内的工作全交给专业人士。只有两个人的话,终究难以完成。

"如果方便的话,要不要我去帮忙?"

"诶?"

"我和山本先生是朋友……所以请让我去帮忙吧。"

在意愿强烈地请求下,我获得了过分客气的山本母亲的同意。我抓紧时间更衣准备。

长袖运动服配旧牛仔裤,一换上这种不怕弄脏的衣服,我立刻前往山本家。

人肉重在新鲜，只要不涉及案件，会马上运送到专业公司。遭遇事故是前天的晚上，所以切好的山本应该差不多已经运到家了。

山本住在东京都内的公寓里。山本母亲解锁楼栋的门禁让我进门后，急匆匆地出来迎接。

"麻烦您来帮忙，真抱歉。"

"不，啊，没关系的。我也不知道能不能帮上忙……"

我朝房间里望去，装山本的泡沫箱好像刚好运到。

"我家亲戚比较少，能帮忙的亲属就只有我们……其实真的应该把烹调都交给专业人士，但因为有各种难处，决定还是我们亲手做……"

"有什么难处？"我问。

山本母亲一脸为难地朝我笑笑。

"他留下了记录详细的菜谱。如果拜托专业人士，就会不管三七二十一做成味噌锅，对吧？那孩子好像讨厌那样，希望被做成肉丸子放到萝卜泥锅里。"

"萝卜泥锅……"

我有些不解。因为人肉多少有腥味，所以约定俗成做成味道浓厚的料理。做成那么清淡的萝卜泥锅没问题吗？可能是我把这种担忧挂在了脸上，山本母亲也点点头。

"我也知道很难……不过，那孩子不是讲究吃嘛。自己被吃的时候也要求多多。不光是萝卜泥锅，炒腰果啊、炖肉啊……"

"诶，不光萝卜泥锅吗？"

"是啊。我想尽量尊重他的遗愿，但是实在发愁。"

"可以让我看看菜谱吗？"

我看了山本母亲递过来的文件夹。菜谱用活页纸按照各种不同的食材归类，这很符合讲究吃又擅长做饭的山本的风格。猪肉、鸡肉、鲑鱼、洋白菜、白萝卜等条目的最后，有一个分类为"我的肉"。

翻看这部分，确实如山本母亲所说，记载着"我炒腰果""我的肉丸子萝卜泥锅"等等详尽的菜谱。

"好像就是随意写下些突发奇想而已，也不是像遗书那样，在哪里写明'这个这么烹调'什么的。但是因为有这样的记录，就总想尊重他本人的遗愿……"

"是啊……"

说起来，山本平时就总说，想把自己的生命式办成最欢乐的聚会。菜谱的角落里用小字写着："把房间装饰成欢乐圣诞节那样。""作为美味让人吃。""办成受精多多的华丽仪式！"

山本有些地方很像女孩子。菜谱的文字在眼前逐渐模糊，我赶紧合上文件夹卷起袖子。

"不管怎样，开始做吧。胳膊的肉是哪个？"

"这个。"

我走到厨房的时候，听到开门声，山本的妹妹走了进来。

"我回来了！买来啦，细雪水菜和白萝卜……啊，欢迎！"

山本妹妹看到我一脸吃惊。"我是来帮忙的。"我低头行礼。

"这位是庆介公司的同事。"

山本母亲简单说明了情况，妹妹皱起眉头。

"你看，我就说嘛，哥哥根本没什么恋人，就是虚张声势……对不起，麻烦您来帮忙。"

"不，没关系的。我真的一直承蒙山本先生的关照。"

难以启齿说我们是烟友，我从山本妹妹手里接过超市提袋。里面有细雪水菜、坚果等等大量山本菜谱上记录的食材。

"那，不好意思，麻烦您帮忙了。总之，不从费时的东西开始处理就来不及了。"

妹妹边看时钟边赶忙扎起头发，我朝她点点头。

"那我来做丸子。"

我去走廊看了看堆在那里的泡沫箱。七八个箱子堆在那里，里面可能有干冰，摸起来冰凉。

放血剥皮，掏除内脏、污物和肛门周围的处理等高难度部分已由专业人士完成，这里面放着的是带骨肉状态的山本。做普通味噌锅的话，送来的时候几乎都是如超市里贩卖的薄肉片的状态，我是第一次见到这样多种形态的人肉。

山本有点在意自己的代谢综合征，其实变成肉以后脂肪倒没那么令人介意。看着这些鲜红和洁白相间的肉，我觉得山本真漂亮。

我找出用记号笔标着"胳膊肉"的箱子，搬到厨房。取出经过剥皮放血的山本的胳膊，开始剔骨削肉的工作。山本妹妹也赶紧搬来另一个泡沫箱，从里面取出了山本的大腿。

"那我来准备炖肉。妈妈，您去烧处理肉的开水吧。"

山本妹妹利落地发出指示，我们赶紧开始按照山本的菜谱进行烹调。

虽说专业人士已经帮我们完成了大部分工作，但还是能看出山本的形态。我边在脑海中回想经常一起用啤酒干杯时他那毛发浓密、力道强劲的胳膊，边用菜刀削肉。

在我失落时，这只手曾拍过我的后背；在我喝醉脚软时，这只手曾把我从机动车道拉回来。在吸烟室，山本胳膊上落了烟灰："烫死人啦！"他曾惨兮兮地朝烫红的胳膊吹气。

对了，就在这个星期一，这只手还拍了我的后背，给了我鼓励。这粗大而温柔的胳膊如今变成带骨肉躺在砧板上。

"我还是第一次处理人肉呢，真大啊。偶尔在生命式上见过的生肉，都已经被切成了薄片。"

"哎呀，这样啊。是的、是的，果然还是和鸡肉啊什么的不一样，很大啊。人肉可以用牛奶去腥，煮之前稍微浸泡一下比较好。"

山本的胳膊就像巨大的鸡翅，剔骨削肉很费劲。我把仅剩骨头的山本放回泡沫箱，把肉放入绞肉机里搅成肉泥。光这样还是来不及，所以山本母亲同时在旁边用菜刀把山本剁成肉泥。

把山本放盆里，加入淀粉、洋葱和料酒等，两个人一起揉。我们做大量丸子的时候，山本妹妹把好几根白萝卜擦成了泥。

在两个大锅里烧好充足的开水。在里面加入生姜、高汤、料酒等调味料，调好味以后放入肉丸子。

接着放入金针菇、萝卜泥、细雪水菜和大葱，还有白菜。

我看萝卜泥不够，正要再多擦一些，这时从旁边的平底锅里飘来一阵香味，原来是山本妹妹在做炒腰果。

"你很会做饭呀。"我和她搭话。

她有些不好意思："只是爱好。在料理教室学过，没想到用在这个地方了。"

肉丸子告一段落，接下来开始做炖肉。所谓炖肉其实就是盐水煮肉，也是肉味很重的一道菜。我取出山本妹妹提前泡在牛奶中的肉块。山本的大腿肉比想象中大好多，我重新认识到，山本还真有可能有代谢综合征。

把肉切成骰子大小的方块，放入大锅，加入葱、蒜末、生姜炖煮。牛奶奏效了，几乎闻不到炖肉的腥味，就是迟迟炖不到竹签可以扎透的程度。

"看来要花些时间了。"

"边炖肉边布置房间吧。"

我们用锡纸做了一个防煮沸锅盖，边炖肉边布置山本的房间。除了山本原有的被炉桌，还有估计是山本母亲搬进来的折叠桌。一个人住显得很宽敞的房间里摆了三张桌子，坐的地方就变得格外狭窄了。

"也只能这样了。估计要人挨人坐了。"

"客人出出进进的，这样应该没问题。"

妹妹按照山本菜谱上速记的文字，开始在房间里装饰花朵和花环。忙碌中，炖肉也渐渐软嫩。

给炖好的肉淋上肉汤，再加料酒、盐和黑胡椒继续小火慢炖。花功夫做好的炖肉配上西洋菜、香橙胡椒粉、花椒和黄芥末酱等配料装入大盘。正好，这时门铃响了。

"来了。"

山本妹妹朝对讲机应答，解锁了门禁。刚好是生命式将要开始的时间。我赶紧在保温的大锅里放入香橙皮收尾。

生命式开始时，山本的公寓里挤满了人。

"对不起，要是租借大点儿的会场就好了。"

山本母亲一边道歉，一边把开好的红酒端上桌。

"池谷小姐，萝卜泥锅差不多好了。"

我朝平底锅不离手的山本妹妹点点头，将山本萝卜泥锅搬到客厅。

"好厉害！"

响起一片欢呼，大家朝锅里盯着看。

"还有果醋和香橙，请随便用。萝卜泥也放在这了，吃的时候请再加一些。"

"池谷小姐，你来帮忙了啊。"

会场里也有公司的同事，他们和我打招呼。

"嗯，顺势就来了。多吃点啊。"

"哇，谢谢。"

"让大家久等了。"这时山本妹妹端来了炒腰果和炖肉。

"哇，不光是萝卜泥锅啊！"

"了不起！肯定不容易吧。"

看着大家满面的笑容，不知怎的，我也心生得意。山本就是那种喜欢看大家笑容的家伙，祈望用自己的生命式来创建这样温馨的空间。他就是这样一个人。

如山本所愿，大家欢声笑语。被做成如此多种多样、费时费力的豪华料理，全世界的人类当中大概也只有山本一个吧。

在大家的掌声中，山本妹妹把这些肉菜全部摆上餐桌，说："那么我们就开始吧。"

"我开动了。"

"我开动了，山本先生。"

大家双手合十行礼，生命式开始了。

"来，池谷小姐也坐下吧。"

我按照指示坐在边缘的位置，盛了好多山本丸子到自己的盘子里。

"咦？池谷小姐不是讨厌吃人肉吗？"

我对一脸讶异的年轻同事说:"不是的,其实我喜欢吃,只是容易消化不良而已。但是今天是清淡的萝卜泥锅,所以能吃很多。"我拿起筷子。

我把高汤入味的山本丸子放入口中。

把热乎乎的丸子整个放入口中,一口咬下去。

丸子中的肉汁缓缓渗出,伴着浇在丸子上的香橙果汁的酸味和萝卜泥的口感,丸子散开,比牛肉猪肉味道稍重却没有猪肉腥,带着柔和浓郁的肉味。

"哎呀,好烫!"

我的嘴一边"哈呜哈呜"地开合,一边品尝这肉的美味。可能因为前期处理得细致,完全没有怪味。因为做成了丸子,所以也完全没有筋。

肉香味和高汤味混在一起,在舌头上融为一体。肉丸子上附着的微辣萝卜泥,和肉形成无法言喻的对照,更加衬托出肉的味道。

接下来将筷子伸向山本盐水炖肉。炖肉浓香四溢,味道浓厚的人肉和香橙胡椒粉很搭。些许原始野兽的味道在配料的调和下变得精致高档,很下饭。带一点筋、有嚼劲的瘦肉和弹滑可口的肥肉相得益彰,越嚼越香。涂上黄芥末的话,美味更加突出,肉和肉汁在口中交融呼应。

"我一直觉得人肉和红葡萄酒搭,但这个感觉和白葡萄酒也很搭啊。"

"也有白葡萄酒，请尝尝。"

山本母亲面色和悦地来回给大家倒酒。

那天的生命式真是盛况空前。迎来送往、门庭若市，很多人说着"我们去受精了""山本先生，多谢款待"，起身牵手离去。

萝卜泥锅被吃光了很多次，我们一遍遍从厨房端出新的蔬菜和肉丸子。

喜爱山本的人们吃掉山本，将山本的生命转化为能量，前去孕育新生。

我第一次感受到"生命式"这一仪式的美好。我集中精神吃山本、从厨房端来追加的山本，四处忙碌到头晕目眩。

如梦如幻的时间结束，肉丸子和炖肉都被吃光，生命式闭幕。

饭后收拾东西时，山本妹妹走过来，手里拿着两个保鲜盒。

"池谷小姐，今天真是非常感谢。不嫌弃的话，这个给你。"

我一看，里面是山本炒腰果和饭团。

"都是给我的吗？"

"刚才没吃光的时候我提前装好的。饭团没准备馅儿，就把刚才的炖肉放进去了……池谷小姐一直忙前忙后，也没怎么吃好吧？不嫌弃的话，这个可以拿去当夜宵。我们也只有这点微薄的回报了。"

"哇，太好了，谢谢！"

我接过装菜的保鲜盒。虽然已经完全凉透了，但依然散发着十足的香味。

离开山本家，我突发奇想，决定就这么去野餐，有饭团也有配菜。最重要的是，即使直接回家，我也会兴奋得难以入眠吧。

山本家周围到处都能看到精液的痕迹，估计是有人在那儿受精了。山本的生命就如同蒲公英的绒球一般，向世界各处飞散而去。

乘着末班车，我抵达镰仓海边。

山本也喜欢海。员工旅行时，在三崎港的海边，山本不顾大家的阻拦，卷起裤腿入海，结果弄得浑身湿透。

大海很奇妙。在遥远的过去，人类的祖先曾经在那里栖息，所以 DNA 里就留有对海洋的眷恋。那时候，山本曾这样说过。

这是山本曾经深爱的世界。对于地球这样一个庞然大物所体验的时光历程来说，人类的一生不过是片刻须臾。我们在这漫长的瞬间之中，不断进化、不断变革。而我，就置身在不停转动的万花筒那瞬间的光景之中。

我慢慢打开保鲜盒。

里面整齐地装着三个山本炖肉馅儿的饭团，另一个保鲜盒里是搭配彩椒等很多蔬菜的山本炒腰果。

"请问，你在做什么？"

突然有人搭话，我惊讶地回头。

一个陌生男子拿着手电筒站在那儿。

"啊，不好意思。"

"没事……我住在这附近，看到你大半夜摇摇晃晃往海里走，有点担心。"

好像是被当成想自杀的人了。我端起便当给他看。

"我在晚间野餐。不好意思吓到你了。"

"不，倒是没事……为什么在这个时间野餐？"

"这是我的朋友叫山本。刚才出席了他的生命式，收下了这些剩菜。"

"是这样啊。"

"啊，要不，一起吃怎么样？"

莫名想和人聊天，就邀请了他，不过这男子满脸为难地歪歪头。

"我挺想和您一起吃的,不过生命式的话有点……我其实是同性恋。"

我递给他一个饭团。

"不要紧,本来也不是为了那个才邀请你的。这是我朋友自己创作的菜式。"

男子好奇地瞅瞅保鲜盒,坐在我旁边。

"挺少见的。我只吃过做成味噌锅的人肉……"

"一般来说确实如此,不过这么炒也好吃。"

"那我就不客气了。"

我们边眺望深夜的海,边吃起了料理。

"好开心。其实我还没吃晚饭,饿着肚子呢。"

山本的碎片散落四方,在人们的肚子里化为能量。我单纯地为此感到欣慰。

"难得吃了,要是能受精就好了。如果不是晚上,这边肯定有更优质的男士。"

"没关系,本来也没打算勉强受精。"

我面露微笑,然后笑出了声。

"按这种说法,感觉我们就像花粉一样。一个生命终结后,就飘向远方,然后受精。"

"还真是。确实像。这么想的话,还真神秘啊。"

"我要是雌蕊,飘走也挺奇怪的。"

"那有什么不好的，雌蕊飘走怎么了。"

男子用方便筷夹起腰果放进嘴里，眯眼享受。

"真好吃，山本先生炒腰果。"

"是吧。山本和腰果很配。活着的时候没发现。"

听着海浪声，我突然问道：

"我说……"

"嗯？"

"你记不记得大概30年以前的事？"

"诶？"

我咬着饭团，如在海浪声中浮游般细语。葡萄酒的醉意似乎还未消散。

"那个时候，还没有吃人肉的习俗呢。那时的事情你还记不记得？"

"啊……我那时候还没出生呢。我今年刚24岁，在我小时候差不多已经都在吃人肉了。"

"这样啊……"

男子歪着脑袋一头雾水，于是我问得更直接了：

"如果那个时候的人们看到现在我们吃着山本炒腰果，会不会发疯？"

想了一会儿，男子点点头。

"会，我觉得会。"

"你不觉得这很奇怪吗?世界这样不断变化,不知何为正确,而生活在其中的我们因为笃信现在的世界而吃着山本。你不觉得这样的自己很奇怪吗?"

男子摇摇头。

"不觉得。正常也是发疯的一种,对吧?我觉得,正常就是这个世界上唯一被允许的疯狂。"

"……"

"所以啊,我知足啦。在这个世界上,山本先生很好吃,而我们很正常。即使在100年后的世界里又管这个叫作疯狂也无所谓。"

海浪声回荡着,山本所怀念的海浪声回荡着。

吃完了饭团,男子站起来。

"多谢款待。那我先走了。"

"好的。"

"不用我带你走到街市那边吗?"

"嗯,我想再散一会儿步,然后找个旅馆。"

"这样啊。"

和男子告别,我沿海边散步。

有男女正在海边受精。在受精还被称作"做爱"的时候,人们怎么看待这幅画面呢?像现在的受精一样,被当作神圣的行为吗,还是被当作什么污秽之事?那时都是躲起来做，所以也有可能。

随性地琢磨着这些事时，有人拍了拍我的肩膀。

我惊讶地回头，发现是刚才的男子。

"不好意思吓你一跳。不嫌弃的话，这个给你。"

"什么？"

男子递给我一个小瓶。

"装在里面了，不嫌弃的话。"

仔细一看，里面貌似装着白色的液体。

"刚才在厕所里取的。听说接触空气就死了，可能也没什么意义。不过哪怕只是沾点边儿，我也想参与山本先生的生命式。"

"谢谢。"

我郑重地接过这有温度的瓶子。

"太好了，一定还活着的。听说即使接触了空气，精子也有外面的精液保护着，状态好的时候可以活三天。谢谢，我一定好好使用。"

男子肯定是勉为其难，费劲弄出来的吧。沁出细汗的脸上带着笑意。

"不客气，山本先生真的很好吃。没怎么参加过生命式，但是吃了以后就觉得，即使出力绵薄也想参与一下。"

"真是太好了。山本也会开心的。"

我盯着手里的瓶子。

"这个本来是装星砂的瓶子。包里只有这个容器大小合适。"

"真的可以收下吗？真漂亮……"

我小声说。充满生命的白色液体才真的如星辰的细沙一般漂亮。

"啊，好壮观。"

男子突然很吃惊地说。

"怎么了？"

"好壮观，这是你带来的吗？"

回头发现，不知不觉中海边出现了许多人影。

定睛一看，这些人影全都在进行受精。

"一有生命式，这附近的海边就全是受精的人。但是，没听说今天有生命式啊。"

男子一脸疑惑地歪着头，有点不好意思地说："那我拿来的瓶子没什么意义啦。"

"不、不，我要用这个。我一定会好好受精的。"

听了我的话，男子腼腆地笑了，说了句"那我走了"，就离开了。

剩下我独自拿着瓶子，把裤腿卷到膝盖，踏入海水。

海边有很多进行受精的人影。若隐若现的白色的四肢蠕动着，在海边姿态摇曳。

那仿佛是生命从海中走向陆地的古代光景。现在的人们不曾得见的那个时代令人怀念至极，如珍爱的回忆一般。我目不转睛地凝视着白色人影和黑色海浪，好像稍稍有点理解山本所说的"大海令人怀念"的心情了。

我穿梭于受精的人群之间，脚下海浪缠绕，向着更深的地方前行。

受精的人群身体交缠，仿佛月光中的植物。我在浸水的森林里、在林立的白色的树木间穿梭前行。

我走到波浪及膝的位置，脱下牛仔裤。从瓶中舀取白色液体，慢慢填入自己的身体。

精液从指尖洒落。

从那房间温暖的锅里，向着海洋，向着世界，山本的生命飘散四方。

也许会有奇迹发生，我会因此受孕。即便没有，如此施受精液的世界是何等的美好啊。

我被海浪声拥抱着，两腿之间淌下精液。充满生命的液体抚摸着我的大腿。

在时光漫长的这个星球上，此刻，在这个世界的这个瞬间存在的过于正确的正常之中，精液被吸纳到我的身体里。

我生来第一次融入这个世界的正常之中。被染上这个变化不息的世界的色彩，成为那一瞬间的色彩的一部分。

夜深了，海天皆化作一片漆黑。山本的生命缓慢地被我的肉体所吸收。我成为和山本融为一体的生命，双脚浸在令人怀念的海水中，闭上眼睛。海浪声不停歇地震动着进行受精的我们的鼓膜。

seimei-shiki

(　美妙的材料　)

休息日的下午,我和两个大学时代的女性朋友一起在酒店餐吧里愉快地喝茶聊天。窗外晴空万里,商务区灰色的大厦林立。在这个很难预订到座位的酒店餐吧里,坐满了和我们一样享受下午茶的女客人,人声喧嚣。一位满头白发的高雅女士,围着绛紫色披肩,优雅地将蛋挞送入口中。我们邻桌有一群涂着各色指甲油的女孩子在给蛋糕拍照。其中一个女孩把杏子果酱沾到白色开衫上,慌忙用粉红色手帕擦拭。

由实打开菜单给红茶续杯,目光突然被我穿的毛衣吸引住了:

"娜娜,你的毛衣是人毛的?"

我笑逐颜开地点点头!

"啊,能看出来吗?是的,100%纯人毛的。"

"真好,很贵吧?"

"嗯,是有点贵……我分期买的。但这种东西可以穿一辈子。"

　　我用指尖轻轻地抚摸着自己身上纯黑的毛衣，略显羞涩地回答。毛衣通身排列着麻花图案，在袖口和下摆通过复杂的编织法呈现花纹，绵密交织的黑发光泽亮丽，反射着窗外照入餐吧的阳光而熠熠生辉。它美到即使穿在自己身上也会让我不禁望着它陶醉的程度。

　　小绫也艳羡地看着毛衣说：

　　"果然，冬天还是穿100%纯人毛最棒，又暖和又结实，还有高级感。我的毛衣虽然也掺了人毛，但因为纯人毛太贵了，只能买混羊毛的那种。果然100%的手感就是不同啊。"

　　"谢谢。因为舍不得，一直收着没拿出来穿。今天来酒店，而且好久没和你们见面了，所以想好好打扮，一咬牙穿了这件。"

　　"哎呀，难得买了，不多穿就浪费啦！"

　　一旁的小绫也表示赞同由实的话：

　　"是啊，昂贵的衣服在衣柜里当摆设就太浪费了，一定得好好利用。娜娜，你现在不是订婚了吗？去双方父母那里拜访什么的正式场合，不是正适合穿人毛吗？"

　　我摆弄着茶杯，小声说：

　　"唔……但男朋友不太喜欢人毛的衣服。"

小绫睁大眼睛，一脸不解地说：

"啊，什么？怎么回事？莫名其妙的。"

"我其实也不太明白，不光是人毛，他好像不太喜欢用人当原材料做的服装和家饰。"

面对苦笑的我，由实惊讶得将吃了一半的马卡龙放回盘子，露出难以置信的表情：

"不会吧，那人骨戒指呢？牙齿耳环呢？"

"那些也不行。婚戒也商量着选白金戒指。"

小绫和由实面面相觑：

"诶？！明明门牙加工成的戒指最适合做婚戒……"

"娜娜的男朋友不是在银行工作的精英吗？明明有钱，莫不是小气鬼？"

"那倒也不是……"

我也没法解释清楚，暧昧地笑着含糊其词。小绫点点头，表示领悟了个中原委：

"确实有这种人，明明有钱却不懂时尚……直树先生看着挺时髦的，没想到是这样。不过，婚戒的事情你们还是再商量商量为好。毕竟这是宣誓两人永恒之爱的东西啊。"

小绫说完，将红茶杯送到嘴边，她左手无名指上戴着人骨制成的戒指。纤细的手指和纯白的戒指相得益彰。这枚婚戒是去年结婚时选用腓骨定制的。我清楚记得，当时小绫一边说着"比牙齿制的便宜多了",一边幸福洋溢地展示戒指。而我心中则充满了羡慕。

我默默地抚摸着自己的无名指。其实我也想要牙或骨制的戒指。我和直树谈过很多次这个问题,所以我最清楚,和他说多少遍也没有用。

"我说,你们俩再去商场试试。你实际戴到手指上,我觉得直树先生的想法肯定会不一样。"

"……嗯。"

我微微点头,将目光从她们俩身上移开,低下头,把勺子伸向盘子里放凉的司康饼。

我跟小绫和由实道别,准备离开的时候手机震动了,从包里取出来一看,是直树来的短信。

"假日加班比想象中早结束了,今天要不要来我家?"

我赶紧回复"OK",坐地铁赶往直树的公寓。

直树住在方便上班的地点,办公楼和公寓楼混杂林立。考虑到结婚以后生孩子的问题,我们计划搬到建在自然环境更好的郊外的新房。新房令人神往,可想到以后就没机会来这个街区,这个和直树交往五年来无数次到访的街区,多少有些寂寥。

"好了,进来吧。"按响门铃后,从对讲机里传来直树稳重的声音，我用备用钥匙打开门。直树估计是刚回到家，还穿着衬衣系着领带，披着一件开衫，刚按下房间暖气的开关。

"我买了晚饭哦。天气冷，今晚吃火锅怎么样？"

"好啊，谢啦。你的两个朋友都好吗？"

"小绫和由实都很好。她们送了我订婚礼物。"

我把装有一对红酒杯的纸袋递给直树，放好超市提袋和包，脱下牛角扣大衣，直树立刻皱起眉头。

看到直树满面厌恶之色，我才记起来今天自己穿着人毛的毛衣。

"……我不是说过不许穿人毛吗？"

刚刚还带着温和笑容的直树，瞬间用仿佛会折断骨头一般夸张的动作转过头去，看都不看我一眼，用低沉的声音说完就扑通一声粗暴地坐到沙发上了。

"……今天和好久不见的朋友见面，所以想好好打扮……最近一直都没穿，隔了好久才穿了这么一次。"

"这种东西赶紧给我扔了。明明和我约好了不穿，竟然毁约。"

"……但这个还在分期。我只是说不在你面前穿，并没有约好一辈子不穿。我自己的钱买的衣服，凭什么要被数落成这样。"

直树看都不看带着哭腔的我，焦躁地用指甲敲着地板。

"因为我觉得恶心。"

"人毛吗？！本来就是我们身上长的毛发，比什么毛都天然，是和人最亲近的材料啊……"

"正因如此才恶心。"

吐出这几个字，直树从侧面的小桌里取出香烟和小烟灰缸。直树很少抽烟，但压力太大焦躁至极的时候，为了压抑情绪才会在嘴里叼起香烟。我总是劝慰工作劳累而打开香烟盒的直树："吸烟对身体不好哦。"但今天让直树如此火大的正是自己穿的毛衣，真是无比心酸。

直树一边吞云吐雾，一边说：

"明天你和美保一起去家居店挑选新家的家具对吧。我去不了，所以都交给你了。不过你听好了，如果你要是选了哪怕一件用人做材料的家具，我就不和你结婚了。牙齿、骨头、皮肤都不行。选了就取消婚约。"

"为什么这么专断独行……将死去的人作为材料灵活利用，这不是稀松平常的事情吗？为什么你这么厌恶把人穿身上、做成道具呢？"

"因为这是对死的亵渎。从尸体上剥下指甲，剪下头发，做成服装、家具什么的，肆无忌惮地使用这些东西，令人难以置信。"

"同样的事情，对人做比对其他动物做要好多了吧？把死去的人作为材料，是我们高等动物高贵的行为啊。不浪费死去的人体并将其灵活利用，并且有一天我们自己的肉体也会被回收利用，做成道具供人使用。这不是很美妙的事情吗？明明有的是可以作为道具利用的部分却被废弃，这种浪费才是对死的亵渎吧？"

"我不这么认为。大家的脑子都坏掉了，疯掉了。看，这个，剥下人的指甲做的。这不是尸体吗？太瘆人了，身上的毛发也是。"

直树用手粗暴地拽掉领带夹，扔到床上。

"住手！弄坏了怎么办，这么讨厌干吗还要戴上？"

"这是部长给的订婚礼物。其实我烦死了，碰都不想碰。毛骨悚然！"

我忍着泪水叫嚷：

"把人当作材料使用一点也不野蛮，全部烧掉才是残忍至极！"

"闭嘴！"

我俩在这个问题上总是吵架。我怎么也无法理解直树为何对于穿着使用人类如此反感。

"……对不起，我扔了这件毛衣吧……"

我脱下人毛毛衣，只穿着里面的真丝衬衣。我哽咽着将光滑柔顺、闪烁着乌黑光芒的毛衣揉成一团，塞进厨房的垃圾桶里。心境凄惨地呆站在那里。不知不觉间，直树从沙发起身，从身后抱紧了我。

"……我感情用事了，抱歉。估计不管怎么说明，你也没法理解，我特别特别害怕那些人毛毛衣和骨头做的餐具家具。"

直树纤细的双臂温柔地碰触着我的身体。他的身体被柔软的山羊毛开衫包裹着。直树那种"人毛不行，但是山羊毛却可以穿"的主张，我是半点也理解不了的。但是，看着他微微颤抖的手，我轻声说：

"是我不好……明明知道你讨厌这个。"

"不，是我不好，总让你忍着……"

直树虚弱无力地低声耳语，将头埋在我的肩上。

"我真的不明白，为什么大家都满不在乎地做如此残忍的事。不管是猫、狗还是兔子，都绝对不会做的事。普通的动物才不会把同伴的尸体做成毛衣和台灯。我不过是想做一个正确的动物……"

我无言以对，轻抚直树从背后环绕的手臂。直树的手臂被柔软的山羊毛包裹着，小心翼翼地搂着我。我悄然回身，从正面将蜷缩着身子的直树拥入怀中，摩挲他的后背。似乎是稍稍安心了些，直树将冰冷的唇贴在我的脖子上叹了口气。我抚摸着埋头不动的直树的后背,任由时间悄然流逝。

听说我要把使用人体的家具悉数排除在外,美保睁圆双眼说:

"就是说,明明预算充足,但是大腿骨的椅子、肋骨装饰的桌子、指骨的钟表、干燥胃袋做成灯罩的台灯,这些都不买了吗?"

"是的。"

"把牙齿组合在一起做的装饰架也不行吗?还有用人毛做成的保暖地毯哦。"

"嗯。不想看着直树痛苦,想布置一个我们都能放松的家。"

美保合上在我面前摊开的商品目录,皱着眉头压低嗓音说:

"虽然这么说不太好听,不过直树先生是不是有什么毛病?要不,怎么一提人体材料就这么神经质呢?"

"不知道。小时候好像和父亲的关系不好,也许根源在那儿。"

"最好接受一下心理咨询,这也太奇怪了。死了之后化作毛衣、钟表和台灯,因为我们生为人类的同时也是物质啊。明明是如此美好的事情。"

美保的话我也深以为然，但还是摇摇头：

"我也这么认为……可是现在总之想全部统一买不刺痛直树心的家具。"

大概是看出来我心意已决，美保叹了口气似乎死了心：

"唉，好吧。真可惜，明明有预算，能买最好的家具。那就选这边的不用人骨的餐桌和椅子吧。"

"谢谢。"

"客厅灯也是，其实特别推荐那边那个将人的指甲加工成鱼鳞状垂挂的吊顶灯……还是选这边玻璃的吧。"

"嗯，这么选吧。"

美保边叹息边在选好的商品目录上贴上标签。我突然问她：

"我说，为什么别的动物不把同类的尸体穿身上、做成道具呢？"

"谁知道呢，但螳螂什么的不也是母的吃掉公的吗？多合理啊。肯定也存在有效利用尸体的动物。"

"是嘛，是啊……"

"娜娜，你是不是也被直树先生给传染了？"

"那倒没有，但是我不太明白所谓'残酷'一词的意思。直树说，把人当作材料使用很残酷。我觉得不当材料使用全烧掉才'残酷'至极。我们在用同样的词汇抨击彼此的价值观,这样能过好日子吗……"

"……我也说不好。不过,娜娜不是在尽力尝试理解直树先生的想法吗?只要有这样携手并进的心态,两个人肯定能走下去的。"

听了美保暖心的话,我轻叹一口气。

"那我就先去估算一下这些的总价,把商品预订了。需要等一会儿,你先在店里逛逛,翻翻商品目录吧。"

"谢谢啦。"

美保抱着贴着标签的目录去后台了,我漫无目的地环顾店内。

或许因为是在白日之下,美保工作的这家家居店里,时光缓缓流淌,洋溢着幸福气息的年轻夫妻和高雅的老妇人优雅地挑选着家具。一楼都是一些便宜的塑料和玻璃家居饰品,二楼则贩卖样式齐全的高级家具。现在我所坐的沙发的扶手也是白骨制成的。

对面的餐桌上摆着将头盖骨翻转制成的盘子。屋顶悬吊着美保推荐的那款将人的指甲加工成鱼鳞状的雅致吊顶灯,从排列成圆筒状的指甲内侧透出粉中带黄的暖光。我真情实感地觉得,要是能在这样的吊顶灯下,用头盖骨盘子盛上做好的汤,和直树一起围坐在桌前,将是一幅多么幸福的画面啊。

我下意识看了看自己的指甲，看起来和吊顶灯上的指甲一模一样。我死后要是也能被做成那样精美的吊顶灯，被人欣然使用，将是一件多么美妙的事啊。无论表面上如何迁就直树，我依旧对自己终将成为道具的肉体满怀怜爱之情。自己也是原材料，死后也会被有效地作为道具使用。我终归还是不能打消掉内心将其看作是尊贵且美妙之事的想法。

我起身来到旁边的书架附近。中间的隔断是用人骨制成的，这个大小估计是肩胛骨吧。书架上摆放着几本真书，以便客人能把握书架放在家里使用时的样子。我脑海里浮现出喜欢读书的直树的脸，要是这么精致的书架能放在他的书房里，肯定完美无缺。我伸手取下靠在骨头隔断的那本小型国语辞典。用辞典查起了最近一直在脑海中挥之不去的"残酷"一词。

"指极其不慈悲、悲惨、残忍之事。"

不管怎么理解，都是直树那种"死后把人全都烧掉"的主张更贴近这个词的意思吧？明明在很多地方都还能作为道具进行利用，却把尸体全部扔掉。我至今仍然无法相信，这种残忍冷酷的主张会从温柔的直树口中说出来。

但是我深爱直树，为了他我可以忍耐。我决心一辈子不穿人类、不用人类，不碰死后作为道具依然温馨地存在于我们身边作为材料的人们，决心就这样过完今后的人生。

之后的那个星期天，我和直树去拜访了他横滨的老家。

我们已经见过家长了，不过还要商量婚礼入场时间和招待客人等事宜。直树的妹妹帮忙做新郎亲友的迎宾工作，我们也要商量这个事情。

直树的父亲五年前亡故，已不在人世。直树的母亲和妹妹亲切地接待了我们。

"欢迎，挑在你们忙的时候不好意思啊。"

"没有，打扰了。"

比直树小很多的妹妹麻美正在读研究生，从我和直树开始交往的时候就和我很亲近。

"娜娜小姐要变成我姐姐啦，真开心。"她愉快地端上亲手做的布朗尼蛋糕。

我们品尝着麻美的蛋糕和婆婆端上来的红茶，闲聊了一会儿。

"哥哥，你在婚礼上吹小号吧。为娜娜小姐演奏充满爱意的音乐，不是很赞吗？"

"算了吧，怪害臊的。吹奏什么的都是很久之前的事了，现在已经不行啦。"

直树尴尬的笑脸很滑稽，惹得我靠在直树身上也笑了。我好像很久没看到直树温和稳重的笑容了，心生欣慰。

闲谈告一段落。"……我想交给你俩一件东西。"婆婆起身道。

婆婆从靠里的日式房间取出一个细长的木箱。

婆婆将木箱放在桌子上，默默地打开盖子。里面到底是什么呢？我窥探其中，里面放着一个类似薄和纸的东西。

"这是……"

我和直树都不明所以，望着婆婆的脸。婆婆凝视着箱中，小声说出答案：

"这是用你爸爸做的头纱。"

"诶？！"

婆婆轻轻地从箱中取出那个轻薄透光的东西。这个翩翩铺展开的东西，的确是用人皮制成的头纱。

"5年前，你爸爸得癌症的时候，他曾留下遗言：如果我死了就把我做成头纱。那时候你不是正好和娜娜小姐刚刚交往嘛。直树从小就反感严厉过头的爸爸，爸爸硬要逼着直树上医科大学的时候，两个人争吵到互相动手，从那之后两人就闹翻了。爸爸说：'就当和那家伙断绝了父子关系。'从此绝口不提直树。然而啊，到了最后，他说：'那家伙一无是处，不过找到个好姑娘。'留下遗言要把自己做成头纱，让你们在婚礼上用。"

"……"

我马上瞟了一眼直树。直树面无表情，直勾勾地盯着头纱。

"葬礼的时候直树也没好好露个面，所以没有机会说出口……但我知道肯定会有这一天。直树，原谅你爸爸吧。你们就在两个人的婚礼上用这个头纱吧。"

"求求你了，娜娜小姐。就一下，带上试一下吧。真的是特别精致的头纱。"

麻美搂住我，双眼通红泛着泪光。我诚惶诚恐地将手伸向头纱。人的皮肤轻薄而脆弱，并不适用于制作服装。摸上去，与和纸一般的外表相反，非常柔软。

"娜娜小姐，看这边。"

婆婆轻轻地拿起头纱放在我的头上。将发梳固定在头上之后，头纱轻盈地将上半身包裹。

头纱长度及腰，耳朵、脸颊、肩膀都被公公柔软的皮肤覆盖。头纱没有纹样，极为朴素，但仔细观察可以看到整体保留着皮肤特有的网眼状细纹，如密致的蕾丝一般。仿佛一个一个细胞里都住着光，而我被无数光粒包裹着。

"好美……"

"很合适啊，娜娜小姐！"

婆婆和麻美都感慨万千。

头纱上隐约可见公公的小黑痣和淡淡的斑，呈现出繁复的纹样。白色和糖稀色混合，有的部分在光线斑驳间泛着蓝光，多变的色彩交织融合，这些都是人工无论如何也无法呈现的。从窗外照射进来的阳光融合了公公的肤色，温柔地铺展，映照在我的肌肤之上。

被透过皮肤照射而变成人色的光笼罩全身，我就像站在世界最神圣的教堂里一样。

我从这纤细精美的头纱内侧望着直树。

直树低着头，缓缓张开手臂，捧起我头纱的下摆。

我还以为直树要直接把头纱扔掉，但他低声细语：

"这个伤痕……我中学的时候的……"

我将目光投向直树的手中，在皮肤花边下摆的部分，残留着一个小小的伤痕。

"是的，中学的时候，你和爸爸吵架，他动手之后你离家出走了。这就是爸爸那时留下的伤啊，一直留在后背上呢。你大概不知道，他还在泡温泉什么的时候拿来炫耀呢，说：'那家伙相当有骨气。'"

直树盯着头纱，表情暧昧不明。

我怕直树会像扔领带夹时那样突然大吼大叫，屏住呼吸看着他。但是，直树一言不发，继续盯着头纱。

许久，直树仿佛要在公公的皮肤中沉落一般，缓缓地将苍白的脸靠近头纱。

"爸爸……"

直树声音嘶哑地细语，轻轻地将脸埋入头纱之中。

看到这般情景，婆婆和麻美都百感交集，双目含泪。

"哥哥！"

"你原谅爸爸了吧，直树？"

"……嗯，当然了。婚礼用这个头纱吧。好吗，娜娜？"

我不知该不该展露微笑，集中精力微微点头回应。转动脖子那一瞬，晃动的头纱在我的脸颊和背上温柔地搔痒，透过公公皮肤的阳光的薄膜在我的皮肤上斑驳摇摆。

回程的车中，我代替若有所思的直树开着车，将视线投向副驾驶，直树明明很冷却将车窗全开眺望窗外。我对他说：

"我说，那个头纱，真的要用吗？"

装着头纱的木箱在后座咯噔咯噔作响。

直树没有回答，就像在棉被中入睡的孩子一般，钻进从车窗吹入的风中，双目微闭、身体前倾靠在窗前。

我耐心谨慎地斟字酌句，和直树说：

"如果你无论如何都不愿意用的话，我们可以想想借口，比如婚礼策划师反对啊，和婚纱不搭啊什么的。"

直树始终没有开口，衣服和头发都被风吹得凌乱。我有点儿烦躁，稍做强势地问道：

"我说你倒是回个话啊，到底怎么样？刚才说的话是真心话吗，还是在家人面前说了谎？如果你真的为爸爸的心意而感动，那么我们就用。如果还是觉得用人类的皮肤残酷而抗拒，我们就不用。我怎么都可以，就看你的想法了。"

"……嗯……"

"到底怎么办，你把话说清楚。是感动了，还是没有？是觉得残酷，还是不觉得？"

我声音开始暴躁，直树终于开口：

"……似乎我也搞不明白了……真的如大家所说的，人死后成为原材料，作为工具被使用是美妙而动人的事情吗……"

我皱起眉头，踩住油门加速。

"我不知道啊。这种事应该看你的心有没有被感动吧，你来决定。"

"我决定不了……搞不懂……我完全糊涂了。'残酷'、'感动'，明明到今天早晨为止，使用的时候都清楚地知道其含义，但现在已经完全没了根据。"

直树张着嘴快要流口水一般，表情呆滞，木然呢喃道：

"你之前不是还用'残酷'一词狠狠地批判我们了吗？那股气势到哪里去了？"

"我搞不明白，那时候自己怎么能那样自信……不过有一点我可以肯定，那个头纱确实很适合你，因为是人的皮肤。人和人的皮肤很契合。"

直树说完就再也没有开口。

车内只有风声，以及后座放头纱的木箱被风震动的声音在回荡。

100年后，我们会变成怎样的道具呢？会变成椅子腿吗，还是毛衣呢？或者说，变成时钟的表针？作为道具的我们大概会比活着的时间更长久地被使用下去吧。

直树仿佛变成了一个物体，无力地垂着双臂，瘫坐在座椅上。他的头发和睫毛随风摇摆。直树的鬓角下方还隐约残留着以前刮胡子失败时留下的伤痕。我暗暗思索：如果将来有一天，直树变成灯罩或者书套，这伤痕也会残留下来吧。

我静静地松开一只握方向盘的手，去触碰伸展在副驾驶的直树的手。

直树温暖的手握住我的左手，感受到和刚才包裹我的头纱相似的皮肤触感。隐约从指间传来直树皮肤里的指骨蠢动，血管脉搏跳动的触感。

　　现在还不是道具的直树握住我的手指。作为生物而非物质存在的须臾之间，我们分享着彼此的体温，生活着。我意识到这短暂的时光宛若转瞬即逝的珍贵幻影，便紧紧握住了直树纤细的手指。

(美好的餐桌) seimei-shiki

星期日的早上，我和丈夫在吃早饭。

我们的早饭几乎都是在电商"幸福未来"买的，一种含有块状冷冻蔬菜的汤搭配"未来自动餐"，还有冻干面包和沙拉。我们相对而坐，将这些让人联想到航天食物的早餐送入口中。

"幸福未来食品"是一家电商网站，以"将次世代饮食送上您的餐桌"为口号，由于外国名流都在用而引发热议。丈夫完全沉迷于这家电商，现在我家餐桌上摆的食物几乎都是在"幸福未来食品"网站上购买的。

由于大部分都是冷冻或是冻干类食品，所以几乎不需要做饭。这倒是让人省心，但终究价格昂贵，花销大。我边把绿色的"未来自动餐"送入口中，边想着：吃完饭得马上用美白牙膏刷牙才行。

智能手机响起来电铃声，瞅了一眼屏幕，是我妹。我抓起电话坐到沙发上。

"怎么了，久美？难得你早上来电话。"

"下个月第一个星期天，你有空吗？"

平时很稳重的妹妹用少有的急促的语速说：

"那天，我未婚夫和他的父母要到家里来。"

"啊！"

我大吃一惊，之前我甚至连妹妹有男朋友都不知道。

"第一次见面，我想做家乡菜招待他们。"

"什么？你要做那个？！"

"所以希望姐姐帮忙，拜托啦。"

"那个家乡菜，久美你……"

"下次再让两家父母见面，这次就做他、他的父母、我和姐姐五个人的分量。拜托啦。具体定下来我再联系你。"

妹妹一股脑讲完就挂掉了电话。

坐在餐桌前吃着"未来自动餐"的丈夫问：

"怎么了？久美说了什么？"

"过两天要和未婚夫父母见面。"

"哇，大喜事啊！"

丈夫边吃饭边喝在"幸福未来"买的减肥饮料。这是最近特别流行的饮料，在碳酸水里混入水蓝色的粉末饮用。这款健康饮料评价很高，据说只要喝了它，就不需要再吃其他任何保健品了。据说粉末中有NASA研发的、在体内起效的细菌，这种细菌可以增加肌肉，使身体返老还童。

"久美也要结婚了啊。也是，快三十岁了，正是适龄期。"

我将智能手机放在餐桌上，告诉满面欢喜的丈夫：

"然后呢，我妹妹说，想要做自己的家乡菜招待客人。"

"真的假的？！"

丈夫大惊失色，拿着饮料站起身。

"别别别，那可不成！这可是庄重的场合！"

"那孩子既然说出口，就一定会坚持到底的。"

"这倒是，不过这可是人生大事啊！"

面对怒气冲天的丈夫，我只能唉声叹气："是啊……这几天我还是试着尽力说服她吧……"

妹妹比我小三岁，在她初中时，突然说：

"我的前世是个战斗在魔界都市杜恩迪拉斯的超能力者。"

"是这样啊。"

那时，我已经上高中了，也没有特地去反驳妹妹说的话，只是安静地倾听。

"现在的我虽然作为平凡父母的孩子生活，但其实我在魔界都市杜恩迪拉斯是超能力者，工作是使用特别的能力与敌人作战。转世为现在的身体只是暂时的,不过是暂借的躯体罢了。这个身体寿终正寝后,我还打算回到魔界呢。"

"是吗?"

妹妹脑内似乎有形形色色的设定,那之后,一有空闲她就给我讲述各种各样前世的故事。我也并不讨厌妹妹讲的前世话题。

"在这个家里承蒙照顾,我时刻心怀感激。不过偶尔也会怀念前世的世界啊。"

妹妹有时会满心寂寥地感叹。那种时候,我感觉妹妹仿佛真要回某个地方去了一样。对于妹妹来说,或许前世的那些人才是她真正的亲人,而我和父母则近乎陌生人一般。

"是吗?"

我总是颔首倾听。母亲常常抱怨:"也许就该在那时候阻止她才对。"那时,妹妹已经在学校里将自己的前世是超能力者的事告诉了要好的朋友,这些事在学校里传开了。

本以为她上了高中就会平息,可高中里有很多同一个初中的同学,妹妹延续这个人设直到毕业。妹妹的毕业纪念册里写着朋友这般的留言:"以后带我去魔界都市呀!""加油和敌人战斗吧!"

虽然母亲表示，进了大学以后再怎么着也不能这样下去，可我隐约感到妹妹并没有收敛。和妹妹一个社团的朋友来家里玩的时候，不出所料，从房间里传出意料之中的对话。朋友说："久美是会使用黑暗力量的人啊？"妹妹回答："嗯，你别和别人说哦。"

那时，通过朋友我知道了"中二病"这个词。原来妹妹的这种表现还有名字，我有点儿感动，不过貌似这只是一个俗语，不是真正的病名。

就这样，妹妹长大成人，如今在公司里也以"超能力者"的姿态行事。

我在妹妹身边一路看着她毫不妥协地长大成人，甚至产生了一种淡淡的敬佩之情。我渐渐觉得，不应该把简单粗暴的俗语强加在妹妹身上。妹妹的情况是更加严肃认真的，而且并不是暂时性的。

妹妹入职的公司几乎没有应届毕业生，大多数员工都是上了年纪的男性。妹妹说起这些稀奇古怪的话题，别人也只是怀着疼爱之情说："久美可真有意思。"一般来说，妹妹这样的人要么会被当成傻瓜，要么就会被排挤，可她总可以不可思议地遇到知音。虽然数量稀少，但总有几个朋友，从不把作为"魔界杜恩迪拉斯超能力者"的妹妹当傻瓜，愿意认真倾听她讲故事，总是陪伴在她身边。

母亲不能理解妹妹，试图怒斥她不要这样，但我经常制止她，维护妹妹。妹妹和母亲的关系不佳，于是妹妹大学毕业后就离开家开始了独居生活。

妹妹就是从那个时候开始吃奇怪的食物的。

自己做饭以后，妹妹开始做魔界都市杜恩迪拉斯的食物吃。虽然在外面也吃咖喱和牛排等普通的食物，但在家里则通常吃魔界都市杜恩迪拉斯的食物。

我也不知道一起在埼玉土生土长的妹妹怎么就变成了这样。不过，我觉得只要妹妹活得开心就够了。

但是，我从未吃过魔界都市杜恩迪拉斯的食物。我喜欢听妹妹讲的故事，可是对于食物还是觉得害怕。我怎么也鼓不起把来历不明的东西摄入体内的勇气。连我这种理解妹妹世界观的至亲尚且如此，更不要说让结婚对象的父母吃这些食物了，实在是鲁莽。正如丈夫所说：考虑到妹妹的情况，还是阻止她比较好。

"你现在也不小了，别再这样了。"

听到母亲尖锐的声音，我皱起了眉头。

我和母亲、妹妹一起去吃饭。我和母亲等着妹妹下班回家，她一回来就直接把她拉到附近的意大利餐厅。

"你说让我别再这样……事到如今，让我别干什么？"

母亲情绪激动,而妹妹则沉着冷静。母亲说的话相当于让妹妹矫正她自己,我觉得简直是乱来。

"我觉得久美没必要勉强去改变。不过,也很难让别人吃你的食物。"

我坦率地说:

"久美做的食物,即便是对魔界都市杜恩迪拉斯有所理解的人,也难以接受。因为这些食物骗不了我们的。"

"骗?什么意思?"

妹妹似乎觉得我比母亲好沟通,向我这边投来淡定的目光。

"吃对方做的食物,说明相信对方居住的世界,对吧?即便是对久美的世界感兴趣,还是很难把这些食物吃进嘴里。食物什么的,净是些奇怪的东西,所以如果骗不了别人,别人是不会吃的。"

我指着眼前意大利面的盘子:

"比如这个蜜桃香菜意大利面,正因为是在这种餐厅里由正经厨师烹制的,我才会欣然品尝。如果是附近的小学生装在保鲜盒里带来给我,我只会觉得'意大利面里加桃子真恶心',才不会吃。正因为我们成了食物的信徒,因此吃下奇妙的东西。"

"姐姐你可真清醒。"

"是吗……"

我和丈夫吃的"幸福未来食品",其实和魔界都市杜恩迪拉斯的食物大同小异,但是它努力地骗着我们。我认为,所谓吃就是被食物的世界洗脑,所以我无法吃下妹妹不稳定的架空世界所创造的食物。

"那,未婚夫吃过久美做的菜吗?"

"圭一?没呢。见是见过,但是他说'怎么着也无法入口'。"

"你看吧,我就说!"

母亲怒吼,感情用事的母亲只会帮倒忙。我对妹妹说:

"果然人的本能中被植入了想吃安全食物的意识。所以,哪怕什么'安全的食物''美好的食物'都是谎言,也希望被蒙在鼓里,这样才能吃下去。"

"你说的我都懂,但这有什么用呢?除了我以外,没人打心底相信魔界都市杜恩迪拉斯的存在。"

我点点头,看来妹妹挺冷静,那事情就好办多了。

"嗯,是啊。所以啊,随便做点咖喱啊、汉堡肉这样平凡的食物不行吗?"

"但是,是他说要我做给他父母吃的。"

"啊,是这样吗?"

我不由得提高音量。

"并不是我提出来的呀。我只在家里吃魔界都市杜恩迪拉斯的菜,但圭一坚持要我做。"

"明明自己都不吃却让你做?为什么呢?"

"不知道。大概是想和我分手?"

妹妹耸耸肩膀。看来妹妹的未婚夫也是个相当奇特之人,我一边歪头思索,一边把叉子插到意大利面盘子中的桃子上。

回到家,丈夫一如往常将水蓝色的粉末混在碳酸水里,做成饮料。

"我回来啦。今天晚上也吃这个?"

"对啊。这个果然厉害,自从喝了它,身体都轻盈了。"

"是吗?"

我不太喜欢这个一股洗发水味道的饮料,从没喝过。而且光这个饮料一个月就要花两万日元,买一人份就够了。

"久美怎么样了?"

我把包甩到沙发上,叹了口气:

"嗯,估计是真的打算做那种菜了。"

"是吗?那样的话,久美算是完了。"

面对丈夫这斩钉截铁的话,我不禁回头:

"完了……"

"哎呀，这样不得分手了吗？久美算是完了。"

丈夫喝着水蓝色的饮料，表情看起来甚至有些幸灾乐祸。

"傻不傻啊，好不容易有机会过上像样的人生。我和公司同事说了，同事也觉得可笑。"

"是吗？"

我应付地点点头，打开冰箱找水喝。冰箱里整齐地摆放着盛放"幸福未来食品"的保鲜盒。我取出矿泉水喝，想着丈夫和妹妹。他们到底有什么不一样啊？

妹妹的人生算是完了吗？从大众的角度来看肯定是吧。丈夫执着于不停地吃"幸福未来食品"，是因为这些被视为成功者的食物，是因为这些被当作"美好的生活"的片段。

我乐于观察这样的丈夫，貌似越贵越上赶着被骗。我曾听说诈骗一百万比一百块更容易，看到丈夫这样，我觉得传言大概是真的。憧憬"更上一个档次的生活"的心情促使丈夫喝下水蓝色的饮料。虽然不得不考虑家庭生活开支的紧张，但看到丈夫高高兴兴地喝下水蓝色的饮料，不知为何我就会感到心情舒畅。

我从丈夫信任世界、谄媚世界的姿态里看出某种纯粹。我可能就是因为喜欢这一点而和他结婚的吧。

妹妹展示厨艺的那个星期天，整日晴朗，万里无云。

妹妹现在住的房间是个狭小的一室公寓，而老家又很远。最后商量了一下，妹妹还是到我家做菜。

"不好意思，不光让你帮忙，最后连你家都借用了。"

妹妹有些过意不去，我也好奇对方父母如何看待妹妹做的菜，回答："完全没问题，不用介意。"

今天丈夫出门去参加多行业交流会了。估计是不想吃妹妹做的奇怪的菜，找了个借口。

一大早，妹妹就提着大量食材来到了我家。

"蒲公英、鱼腥草……这些是今天的食材？"

"嗯，这些的设定是生长在魔界的草药。"

"这边的罐头呢？"

"这些的设定是在魔界地下街黑市流通的食物。"

妹妹的食材全都有自己的设定。想不想吃放一边，你一问，她就能对答如流进行说明，很有趣。

"我说，真的不用做'像样的菜'吗？"

妹妹瞥了一眼这边说："什么叫'像样的菜'？"

"比如排骨啊、筑前煮之类的，有名字的菜。"

"有名字就算像样了吗？"

"吃的人会安心嘛。就算是骗子，也要一开始就报上自己的姓名对吧。"

对于我的说辞，妹妹叹了口气："姐姐的观点好奇怪，不能作为参考。"

"行吧……总之我帮忙吧。我要做什么？"

"首先，你帮我煮蒲公英的花。那边不是有橘子汁嘛，水开了就加进去。"

"好的。"

妹妹麻利地做起菜来，把鱼腥草的叶子切丝，加入小麦粉，加水搅拌。

"这是什么？"

"主食。"

"魔界都市杜恩迪拉斯也长鱼腥草吗？"

"嗯，长了不少呢。"

我点点头，妹妹怎么说，我就怎么信。我按照妹妹的指示，把放在塑料袋里的大把蒲公英取了出来。

正午刚过，妹妹的未婚夫和他的父母就来敲门了。

"初次见面，我是泽口圭一，正在和久美交往。"

久美的恋人给我的第一印象非常清爽，怎么看也不像是个会特地要求制作魔界都市杜恩迪拉斯菜的怪人。

"厚着脸皮来打扰，真是不好意思啊。"

泽口的父母优雅温和。母亲幸绘每次微笑，眼角都会泛起褶皱，看起来很好相处。父亲荣治外表健壮刚毅，略带害羞行礼的样子很迷人。

"这是我的女朋友，坂本久美。"

"初次见面。"

妹妹低头行礼。

"我是久美的姐姐。麻烦您专程赶来，欢迎欢迎。"

我在妹妹旁边深深地鞠了一躬。

"快请进吧。家中简陋，虽是粗茶淡饭，不过还请您二位尝尝我妹妹亲手做的菜。"

面对我的邀请，泽口夫妇含笑回应："谢谢。"

幸绘和荣治夫妇坐在客厅餐桌靠里的座位，对面坐着妹妹和圭一。椅子不够，所以我从书房搬来丈夫工作用的椅子坐下。

歇了一下，我和妹妹去厨房，先把"主食"端上桌。

"这是什么？"

幸绘目不转睛地盯着盘子，一脸困惑。我含糊地说明："这貌似是主食。"

"不知道合不合您的口味，不用勉强……那个，这边准备了大麦茶，可以用来清口。这边有纸巾和呕吐袋。"

"可真是至矣尽矣啊。"

圭一微微一笑。

"这是？"

"这是把蒲公英茎编成麻花，用橘子汁煮成的，底下放了加入蒲公英花的肉丸子。"

"哦……"

妹妹的菜是"故事"。比起口味，她更重视故事性。我做菜的时候听她说：橘子汁是下等妖怪的血；肉馅是魔界都市杜恩迪拉斯地下黑市贩卖的人工肉；蒲公英在魔界森林中大量生长，妹妹前世的时候经常吃。

虽然理解了妹妹的前世，但是要说这些食物味道怎么样，那看起来可真是难以下咽。说起来，也不知道现实中这些蒲公英和鱼腥草到底都是在哪儿采摘的。要是在这附近摘的话，那估计附着着不少汽车尾气的污染物。

泽口夫妇怕是也想到一起去了，只是面带微笑却迟迟不动筷子。

"那个……我看看家里还有什么吃的吧。不知道合不合您二位的口味，不过光是这些怪异的食物，对味觉太刺激了……"

我看不下去而提议道。

"啊、啊，那……太好了。"

幸绘看来不善于说谎，已然是一副松了口气的表情看着我。

"不过，我没有准备，所以家里只有平时吃的东西……"

"足够了。"

喜形于色的泽口夫妇看到我把"幸福未来食品"端上桌来，表情顿时又阴云密布了。

"那个……这是？"

"这是'幸福未来食品'，特别利于身体健康，是有抗氧化作用的食物。在海外非常流行，我们一直网购。"

我把冻干蔬菜块和浇了湛蓝沙拉汁的水果粉末沙拉摆在桌上。我自认为端上来的食物很大众，结果泽口夫妇依然满脸的迷惑不解。

"那个……没有白米饭什么的吗？"

荣治小心翼翼地问。

"没有白的，但是有用抗氧化粉制成的人工米饭，就是有点儿酸，味道有点儿独特……"

看着放在保鲜盒里的绿色人工米饭，幸绘说："……那，还是算了吧。"

"老婆，你不是带了东西吗？"

荣治突然想起了什么，说道。

"啊啊，想起来了。"

幸绘点点头。

"我听圭一说了，误以为你喜欢吃珍奇食物……这个是乡下菜，不知道你们吃不吃得惯。"

幸绘从纸袋里取出来的是装满虫子的瓶子。有些像是白色的小肉虫，还有稍微大一点儿的另一种肉虫，此外还有装在塑料容器中的蚂蚱。

明明乡下有更美味的东西，为什么带来三种虫子做的甘露煮①呢？说实话我可不想吃。我看看旁边的妹妹，她也和我想的一样吧，情绪都写在了皱起的眉头上。

"那个……我不太喜欢吃甘露煮。"

"我也是喜欢吃咸的菜，所以……"

"啊，是吗？"

幸绘露出失望的表情。

"放在白米饭上可好吃了……"

"我也会当下酒菜吃。"

"是吗……"

桌子上摆着妹妹做的魔界都市杜恩迪拉斯菜、"幸福未来食品"的高级半成品熟食，以及装着虫子的容器。

也不是说绝对不行，但我不想把自己平时不吃的食物往嘴里放。我环顾大家的表情，估计都和我想的一样，都

---

① 一种日本传统的烹调方法。用砂糖、蜂蜜及糖稀等熬炖小鱼、贝类食物，味道咸甜。

是态度模糊，依然不动筷子光喝大麦茶。

"就是这个。"

圭一突然说。

"嗯？"

"什么？怎么了？"

大家都迷惑不解。圭一毫不介意地继续说道：

"这正是我今天想看到的情景。"

我完全不知所云，看向妹妹，指望她给我翻译翻译。可妹妹也目瞪口呆，一副迷惑不解的样子。

"大家都觉得其他人的食物恶心，不想吃。我觉得这才是正常的反应。"

"到底是怎么回事？"

被追问后，圭一手舞足蹈地开始激情澎湃的演讲：

"每个人吃的东西代表着他的文化，是只属于个人的人生体验的结晶。强迫别人接受这些是错误的观念。"

"哦……"

圭一四肢修长，演讲时动作夸张。我一边点头附和，一边把椅子往后挪了挪以防被他误伤。

"即使我和久美结婚以后，也完全不想吃她做的食物。久美也完全没有必要吃我和我爸妈的食物。因为我们经历了不同的文化，完全没有必要去迎合或是去融入。"

听了圭一的话，幸绘皱起了眉头。

"话是这么说，可你……继续吃现在的食物可是活不长的啊。"

"这是我决定的事情，我可以负责。"

"那，圭一现在吃什么呢？"

我忍不住问道。

"圭一只吃零食和炸薯条。"

妹妹回答。圭一使劲点头。

"他从小就这样。"

"是吗，厉害。"

圭一个头很高。我感慨他这么偏食还能如此茁壮长高。

"我特别爱吃零食和炸薯条，如果可以我想吃一辈子。我以前和一个已经谈婚论嫁的对象同居过，但马上就分手了，因为她非要我吃和她一样的食物。我们明明成长在不同的文化里，她却用一副理应如此的态度来毁坏我的日常。我们每日争吵不休，最后分手了。"

"原来如此。"

"我之所以心仪久美，就是因为她的饮食生活是独立的。她绝不迎合别人，而且也不会将自己的文化强加于人。她吃她想吃的，我吃我想吃的，这样才能相亲相爱地生活下去。"

"我似乎有点明白了。"

我点点头,感觉弄清了妹妹和圭一相互吸引的理由。

"我和久美要做坚决不吃对方做的食物的夫妇。所以也请爸爸妈妈相信,即便我在家吃巧克力饼干,她吃魔界都市菜,也绝不代表我们感情破裂。相反,正因为我们热爱彼此的文化才会这样。新年和盂兰盆节我们回乡下的时候,也请你们不要强迫她吃或是做你们的食物。请你们默默守护,而不是干涉我们所热爱的饮食生活。"

荣治阴沉着脸打断了圭一的演讲:

"但是啊,圭一,所谓结婚,就是家族之间的事。继承一个家族的文化才叫结婚。"

听到荣治这么说,幸绘制止道:

"老公,别说了。我能理解圭一的想法。我心里当然还是希望儿媳妇可以继承泽口家的口味,但是这可能有点儿傲慢……"

"老婆……"

荣治一脸怒气看着幸绘,而幸绘平和地继续说道:

"老公,你看看这餐桌,简直就是地狱,根本就是四分五裂。我嫁到你家之前,也是觉得虫子什么的很恶心,弄死、扔掉理所应当啊。原本的人生里,明明把虫子尸体当垃圾看待,可嫁到泽口家以后,硬要吃这个。这么想来,这桌上全都是厨余垃圾。"

"老婆……"

"我一点也不觉得继承你们家的味道有什么错，但这餐桌宛如地狱。今非昔比，现在的时代，大家都欣然食用各自莫名其妙的东西。而且，这餐桌上的食物彼此融合了的话，估计也只会诞生更瘆人的食物。"

"是的，就是这样的呀，妈。"

圭一欣喜。

"不吃一锅饭，我们也能互相理解。"

"……是吗……"

荣治小声嘀咕着，依然有些不满，但看着这餐桌上的惨状，似乎也死了心。

"过去的想法可能已经不适用了。就算是久美继承了咱们家的味道，最后你也只吃零食和炸薯条，恐怕也没有什么意义……"

"是的呀！"

圭一叫道。

"我也赞成！"

我也不禁提高了音量。

"我认为接受某种饮食就表示相信生产这些食物的世界。不过，也需要承认不相信的诚实。我也是这样，如果不是丈夫买了，才不吃这些东西。颜色怪异，口感像塑料，气味像空气清新剂，简直是垃圾。但是我觉得，吃这些的丈夫很有趣，所以不知不觉就依了他。"

"啊，是这样啊。"

"大家干个杯吧，为各自恶心的食物干杯！"

情绪兴奋的圭一叫道，妹妹也深深点头。

"那，我去麦当劳买炸薯条。"

圭一阻止正要站起来的妹妹。

"其实，今天我包里装着品客薯片、坚果巧克力和百事可乐。我吃这些就好。"

"真是符合圭一人设的一顿饭。从小到大，我都为圭一的饮食发愁。不过，也许这才是圭一吧。"

所有人都莫名其妙地兴奋起来，说着令人摸不着头脑的话。然而，所有人的情绪都和谐共鸣，我从冰箱里取出啤酒。

"各位，要不要喝啤酒？不能喝的人也可以喝矿泉水，还有'幸福未来食品'的饮料。"

"我能喝啤酒。"

"姐姐，我喝水。"

"我能再来一杯大麦茶吗？"

大家各自选择自己喜欢的饮料，高高举起玻璃杯。

"那么，干杯！"

"为了大家瘆人的食物干杯！"

在气氛达到高潮之时，传来了钥匙开门的声音。客厅大门打开，丈夫探出头来。

"我回来了……啊，各位都在呢。不好意思，我好像打扰到各位了。"

"不、不，应该是我们打扰到了您。"

圭一给丈夫鞠了一躬。

丈夫笑着和圭一握了握手，坐到了我刚才坐的椅子上。我走到冰箱附近刚要照例取出水蓝色的饮料，突然传来了丈夫的声音：

"哎呀，这可真是美妙的餐桌啊，也让我加入吧。这才是真正的多元文化交流啊。"

"姐夫他怎么了？"妹妹凑近对我耳语。

"不知道啊……"

我们正疑惑他葫芦里卖的什么药，丈夫开始滔滔不绝地说起来：

"哎呀，其实今天我去出席了多行业交流会，然后就被叫去参加了和饮食相关的研讨会。内容特别棒！我人生观都刷新了！饭桌是最好的文化交流的场合，吃一顿饭能学好多东西。不光吸收营养，也吸收文化，这就是今后时代的崭新的饮食生活！"

我渐渐明白过来，悄悄对妹妹耳语：

"估计是受到研讨会的影响了。他这种人特别容易受别人影响。"

丈夫总是憧憬"更上一个档次的生活",容易被以此为噱头的学习会和研讨会蒙骗。因为他特别容易被昂贵的东西蒙骗,恐怕这次又支付了高额的学费。丈夫一副心驰神往的样子,继续说道:

"一年365天,一日三餐总计1915顿饭,这些全部都是机遇啊。利用这1915顿饭的时机不懈学习其他文化,这正是成功人士的秘诀。每天只吃同样食物的人就是在不断浪费学习的机会。"

"哦……"

不顾幸绘的一脸困惑,丈夫用手拿起小碟:

"哎呀,看起来多美味啊,整个餐桌都闪闪发光一般。这个面包是什么?"

"啊,这是魔界都市杜恩迪拉斯的……"

妹妹赶忙跑过去。

"哎呀,是久美亲手做的菜啊,真棒。我能吃一个吗?"

"啊,行倒是行,不知道合不合口味……"

"吃不合口味的东西,才能使人变得有内涵呀,久美。"

丈夫使了个眼色,妹妹似笑非笑地坐下了。

我被丈夫占了椅子,就坐到了厨房的凳子上,莫名害怕靠近餐桌。

"这也是第一次见,看起来很好吃!"丈夫把小肉虫做的甘露煮放在魔界都市杜恩迪拉斯的面包上,再加上"幸福未来食品"的冻干蔬菜,又拿起圭一的百事可乐。

"都看看,这正是文化之融合!这一顿饭,我习得了数不尽的文化啊!"

丈夫将面包对折,一口咬住混成一团的食材。

"呕……"

幸绘用手帕捂住了嘴。

丈夫口中,魔界都市杜恩迪拉斯的面包、小肉虫、"幸福未来食品"和百事可乐混合在一起。一阵呕吐感袭来,我不由自主地把目光移到别处。

所有人都面色铁青地看着丈夫,只有丈夫自己毫无察觉,微笑着不停咀嚼。

"好吃啊,真好吃!"

丈夫爽朗的声音响彻房间。丈夫咀嚼的声音在安静的房间中刺激着众人的耳膜。

"多么美好的餐桌啊!好吃啊!"

我们像看怪物一样持续注视着大口咀嚼手中食材的丈夫。

seimei-shiki

（夏夜的吻）

夏季是亲吻的季节,我的朋友菊枝如是说。上个星期刚满75岁的芳子,感受着漫越纱窗而入的强烈的夏夜气息,突然回忆起这句话。

芳子没有做过爱,也没有接过吻,和5年前去世的年长的丈夫也不曾发生过一次那个行为。两个女儿都是人工授精生下的,她以处女之身做了母亲。现在两个女儿都已经结婚,芳子在丈夫留下的房子里独自享受悠闲自得的独居生活。

她除了是个处女以外,也平凡无奇地成家、衰老。即便如此,若是哪个话题涉及该事,她一暴露"没有这方面的经验",就会引起一阵讶异:"啊?为什么啊?你不是都有孩子了吗?人工授精?做到这个份儿上图什么啊?"大家对芳子的性取向和性生活刨根问底,感到不快的芳子便将该事收作秘密。不说的话,大家都把芳子当作"普通人"对待。面对世间的这种反应,芳子觉得他们单纯、残酷又傲慢。

差不多该是准备洗澡的时候，手机响了，是住在附近的菊枝打来的。

"喂，是我。今晚要不要来我家？我妹妹寄来一箱桃子，正发愁怎么办呢。对了，你不是特别擅长做那个吗？煮水果的那个……"

"糖煮水果？"

"对，就是那个，你做一个吧。我打工十点结束，你那时候来店里。大概一个小时以后吧。"

"你这是逼着老年人大晚上出门溜达呀。唉，好吧，我去。"

她和同龄的菊枝是在附近社区交流中心的团体活动上熟起来的。芳子并不讨厌菊枝这种强势的个性。菊枝一直单身，退休后靠养老金和在位于住宅区正中的便利店打工的收入为生。人们惊讶于她连夜班也做，而且能动作敏捷地搬运沉甸甸的纸箱。但菊枝淡定自若、昂首挺胸："我老家务农，日常生活运动量就大，这点事不算什么。"

芳子穿过夜晚的住宅区来到菊枝打工的便利店时，正巧菊枝从店里出来。

"今天不用去约会吗？"芳子打趣道。

"这你就不懂了吧，约会要选在下雨的夜晚。现在这种晴朗的夜晚，过于健康向上，提不起在夜路上接吻的兴致啊。"菊枝一脸无所谓的表情。

菊枝虽然没有结婚，但是热衷于做爱，现在也经常和一起打工的男孩子约会，和小自己四五十岁的年轻男孩也做过。因此，她得意于自己被冠以"色情狂"的称号，连店长都敬畏她三分。

两人一起走着夜路。夜晚的住宅区里只能听到汽车的声音如海浪般回荡，几乎不见人影。菊枝从手提的便利店袋子里取出一个东西。

"你吃吗？"

那是装在塑料容器里的蕨粉糕。

"快过期要废弃了，所以我就买了。冰过以后很好吃的。"

浇上糖浆，菊枝边走边把蕨粉糕含在嘴里。

"蕨粉糕和男孩子的舌头很像，所以才想吃。感觉好像在接吻一样。"

"是吗？那我不要了。"芳子往后一缩。

"哎呀，我说了不该说的话啦。"菊枝笑了。

性格完全相反的两个人又是如此相似。菊枝听芳子说自己是处女时，也只是点了点头说了句："哦，是吗？"

"我还是来一块吧。"

芳子伸手将一块蕨粉糕放入嘴里,用牙齿咬碎一块,神清气爽。

"你这真是个激情热吻呢。"菊枝笑道。宁静无声的夜路上跳跃着两人的脚步声。

(双人家庭) seimei-shiki

芳子走进病房，发现菊枝不在床上。大概是去厕所了吧。床上凌乱丢放着女性周刊杂志和耳机。这不是和在家里一个样吗？芳子苦笑着收拾起来。坐在旁边病床上的女人搭讪道：

"每天都来看望她啊，每天来很辛苦吧？"

这个女人大概五十多岁，比七十岁的自己年轻许多。芳子朝那女人笑笑，眼角皱纹聚集到一起。

"也没有什么要做的事，所以才来的。老年人一个人在家也是无聊。"

女人丝毫没有改变感动的态度。

"这可不是容易的事，你们是姐妹吗？上了年纪要是有关系好的姐妹，这种时候就心里有底了。"

"不，我们不是姐妹。但是，从大约四十年前就一起生活，我们是亲人。"

芳子的话令女人顿感困惑："哎呀，是这样啊，哦……"她含糊地点着头不再作声。

大概是觉得我俩要么是家庭关系复杂，要么就是同性恋伴侣吧。芳子懒得解释，微笑回应一下就继续整理菊枝的床了。

"哎呀，来了啊。"

菊枝拖着输液瓶回到了病房。

"真是的，去个厕所都费劲，可愁死我了。还隔三岔五要拿尿去化验。"菊枝边发牢骚边坐到床上。

"给，你的内衣和毛巾，放到这边的抽屉里啦。还有，你不是一直抱怨想要耳机线更长的耳机吗，我从电器店买来了。"

"哎呀，太感谢了，麻烦你了。"

菊枝接过装着耳机的塑料袋，慵懒地打开电视。

"也没个正经的节目。"

芳子把开衫披在菊枝肩上，发现枕边放着笔记本和圆珠笔。

"还在写呢？"

"是呀。写完了我念给你听。"

"算了吧，怪恶心的，又不是初中女生。"

虽然表面一脸嫌弃，芳子在心里松了口气。

刚查出癌症的时候，菊枝憔悴极了，趁检查的空隙在这本笔记本里写下了遗言。不管怎么劝她"可别做这么丧气的事",她也置若罔闻。

菊枝一直有心情低落就在笔记本上写日记和诗的癖好,但写这么阴郁的东西还是第一次。

知道只要做手术可以治好以后,菊枝的心态积极了很多,现在转为写一些无聊的诗来打发时间。芳子只看过一次,写着一些"循着你衬衫浮现的骨骼/布满皱纹的手指/摸索着解开白色的纽扣",或是"戴上老花镜仰起头/你双眸的一汪乌黑/倾泻在我身上"什么的,净是这种用半戏谑半严肃的笔调表现自己性事的作品。

"让你特地过来怪不好意思的,不过我能先去洗澡吗?到预约的时间了。"

"好、好,我边读书边等你。你一个人能去吗?"

"我可没虚弱到那个程度。我先走了。"

菊枝皱眉叫来护士拔掉输液针头,带着换洗的衣服和毛巾走出病房。

芳子和菊枝是高中同学。高中的时候,她们就约好:"到了30岁还没结婚就一起生活吧!"周围这么说的同学很多,但真的实践约定的只有她们俩。

芳子太过慎重,而菊枝恋爱关系太过激情,两个人这辈子都很难找到结婚对象。因此,从芳子30岁生日那天她们开始了同居生活。

转年,芳子从精子银行买了精子,通过人工授精产下大女儿,又过了一年产下二女儿。35岁的时候,这次换菊枝生下第三个女儿。她们在千叶的郊区买下公寓,一家五口相处融洽。

孩子令人操心,也惹人爱怜。不过,她们一家总是被周围指指点点。

"对了,山崎女士您和小岛女士,就是2年2班的奈奈妈妈的室友对吧?"

大女儿上六年级的时候,班主任来家访时,坐立不安地环视客厅。

"奈奈是我家的三女儿。不管是谁生的孩子,我们都公平养育着。"

"啊啊,这种复杂的环境,孩子不会认知混乱吗?还是老老实实地告诉孩子,你们是两位单身妈妈合租比较好吧?没关系的,瑞穗同学是非常聪明的孩子,一定会理解的。"

"不,我说过了,我和小岛菊枝是家人。两个人生的孩子就是姐妹,公平养育长大。这有什么奇怪的吗?"

班主任的脸色一阵红一阵白,表情复杂,仿佛在内心纠结：完了，摊上棘手的学生了，但是不管真的好吗？"啊啊……那个……家庭也有各种各样的形式呢……瑞穗同学成绩很好……"老师将这个话题含糊带过。

两人和从补习班回家的大女儿提起家访的事。"啊、啊，因为老师不过是个'普通人'，社会上大多数人不过如此。"大女儿冷静地说。

"你在学校有被说什么吗？有事的话和我商量商量？"芳子有些担心，便进一步探问。

大女儿一脸淡定，说出与年龄不符的成熟见解："芳子妈妈，你难道还期待被大众理解吗？如果不抱定'我们自己过得好就行'的想法，以后的日子可过不好。"

芳子也被朋友问过："其实你们是同性恋吧？什么何苦不坦白因为没钱才合租的呢？"你们这帮人年轻时不也说过"老了彼此没对象就一起生活"吗？这些人真是欠揍。她们只不过是履行了那个高中时的约定而已，但是却几乎得不到别人的理解。

芳子也曾在深夜簌簌落泪，担心是不是给孩子们增加了负担。但菊枝始终态度坚定："能有两个妈的家庭，这不是最好的环境吗？孩子们可开心了。"但是芳子知道，菊枝偶尔会偷偷打开笔记本写下脆弱的一面。

两个人互相鼓励、互相扶持生活了40年，将孩子们培养成关系和睦的三姐妹。大女儿结婚以后随着工作调动的丈夫去了大分县，生了两个孩子；二女儿去法国留学，学习翻译；三女儿大学毕业后留在京都工作。她们各自拥有了相应的幸福生活。

得知菊枝的病情后，大女儿表示："我去你们那里待一段时间吧。菊枝妈妈需要照顾，而且我也担心芳子妈妈。""没事的，你孩子还小，不要勉强。虽说是癌症，可是手术就能治好，就和盲肠一样。"芳子姑且回复道。二女儿是个爱哭鬼，立刻就想要飞回来，芳子以"机票比住院费还贵"为理由坚决回绝。三女儿周末坐新干线来露了一面又急忙回去了。

"结果还是只有咱们两个人。"

或许是脆弱袭来吧，三女儿为了赶最后一班新干线而匆忙离开后，菊枝在病房里嘟囔了这么一句。

"不是一直都是咱们两个人吗？家人就是这么回事哟，孩子总会展翅离巢的。"

本是为了鼓励菊枝才说的，可她听了之后便开始写第二本笔记，没准这话反而让她更失落了。

菊枝谈起恋爱激情四射，总有恋人相伴，但得知她得了癌症后，年轻15岁的恋人就音讯全无了。这件事令菊枝的情绪愈发低落。

"久等了。啊，真清爽。"

菊枝擦着头发回到病房。

"真是的，太无聊了，只剩去小卖部这一个乐子。"

"在医院里没有搭讪什么优质男士吗？你不是擅长这个吗？"

"我对快死的人可没兴趣。"菊枝一脸嫌弃地说，"但是隔壁外科楼有个人还不错。"她羞红了双颊。

"你状态不错啊。外科的不是挺好，半夜偷偷潜入病房怎么样？"

"只在大厅聊过几句，不知道病房在哪儿。那个，你能不能帮我去下面小卖部买个口红？"

芳子帮心情不错的菊枝吹干头发。以浓密的长发而自豪的菊枝也白发陡增，头顶逐渐稀薄。

"知道了，买口红。"

"对了，还有手术日定了，下周做。"

"……哦。"

"工作日做，所以你别和孩子们说了吧。特别是瑞穗，那孩子责任感强，知道了肯定要逞强过来。我可讨厌这种事了，怪烦人的。"

"知道啦。"

芳子边点头边心生疑问：对自己来说，菊枝算什么人呢？如果就此失去菊枝，自己会变得怎样呢？

父母早已去世，孩子也走上各自人生。菊枝住院受到打击最大的恐怕正是自己。

"啊，还有，能不能再帮我买一本笔记本？现在这本快用完了。"

菊枝满面期待。明明之前那么低落，现在却沉迷写无聊的诗。

"真是的，可别浪费纸了。"芳子大声说，仿佛想赶走心底的戚戚之情。

菊枝手拿笔记，半恶作剧地问："要不要读一读？"

"算了吧，写得像肤浅的色情小说一样。"

"也可能有写给你的诗呀。"

"那种东西就更不想读了。"

"你的嘴里就没有好话。啊，你看那边。"

菊枝用手指着窗外，原来是下雪了。

"我要把这个景象写成诗。吹干湿发那亲人的手／对岸的雪景……"

"这诗可真直白。"

话虽如此，芳子关掉吹风机，出神地眺望着从天飘落的飞雪。

"我们如果没有一起生活，会过着怎样的人生呢？"

"肯定还是一样。说没营养的话题，互相吐槽，即便如此也就那么过了一辈子。"

"也是。"

一起生活使我们发生了怎样的改变呢？未来不可知，但是芳子决定，菊枝死后由自己来做丧主。她笃信一点：丧主不该是菊枝至今交往过的恋人们，而是自己。

"照这样积雪，公寓扫雪可就费劲了。"

"是啊，所以你得赶紧回家。"

可能是听出芳子讥讽的声音中掺杂着沙哑，菊枝笑了。

"很快就回去啦。那可是我们的家，怎么能让你一个人为所欲为。"

雪越下越大，窗外渐渐银装素裹。"真美啊。"菊枝边感叹边像孩子一般探出身子，蓝色的笔记本从手中滑落，如鸟儿展翅般缓缓飞落床下。

巨大星星的时间 (seimei-shiki)

有一个女孩，跟着爸爸，搬到一个遥远遥远国家的小镇上。爸爸告诉她，因为爸爸工作的关系，今后就在这里生活。"这个国家有点儿怪。"爸爸告诉女孩。

"谁也不睡觉。"

"那晚上怎么办？"

"天黑了也不会迎来夜晚，所以随时可以在外面散步。"

女孩有点儿开心。昏暗的时候也可以去散步，就好像变成了大人一样，棒极了。

"但是，大家不困吗？"

"这个镇子，从悬崖对面会飞来魔法之砂。魔法的力量可以让大家无须睡觉。"

这个小镇的生活令人感到不可思议。艳阳高照晴空万里时，由于"巨大星星出来了"，大家都满脸厌恶，悻悻地回家；反而太阳沉落之后，就到了"渺小星星的时间"，街上迎来了喧闹。街上的人们都说：大星星太近了，光太强了，炽热又刺眼，惹人厌烦。在"渺小星星的时间"里，无论是零食店还是玩具店里都挤满了孩子。就像爸爸说的那样，不管过了多久，也不觉得困。女孩开始在人少的"巨大星星的时间"里出来散步。虽然无论是玩具店还是零食店都空荡荡的，但她更喜欢这被光围绕的时间。

有一天，女孩在公园里遇到一个男孩。"你不觉得巨大星星刺眼吗？"女孩朝坐在长椅上读书的男孩问话。

"一点儿也不刺眼。我更喜欢这个时间，街上闪耀着纯白的光。"

听男孩这么说，女孩环顾四周。确实，由于巨大星星的光芒反射，公园的滑梯、对面的建筑、道路全部都闪着白光。女孩不甘示弱：

"我也不觉得刺眼。在我之前住的镇子上，一直都在这种光芒中生活。"

"什么，你是从别的国家来的吗？厉害了。难道说你以前'睡着'过？"

"是呀。"

"真好。'睡着'是什么感觉？"

"那我就告诉你吧。很简单，闭上眼马上就睡着啦，还能看到五光十色的梦。"

女孩和男孩坐在长椅上闭上了眼睛。但是，无论过多久，也不能如从前一般逐渐沉入安眠的世界。

"你太笨了，所以睡不着。对了，我们就这样离开小镇去远方吧。那样的话就能睡着了。"

男孩一脸不知所措：

"你不知道吗？一旦在这个镇子住下，一辈子都不会睡着了。"

女孩很惊讶。

"一旦被施了魔法，一生都解不开。大人们说这非常方便，但我还是想睡着试试。"

女孩哭了。她对拼命安慰她的男孩说：

"长大了，一起'晕倒'吧。"

"'晕倒'是什么？"

"和睡着一样。两个人做非常吓人的事情，然后就能一起'晕倒'啦。"

"明白了。"男孩点点头。

"以后，一起'晕倒'。"

男孩给她一束公园里的白花。她心想着：和男孩一起晕倒想必是一件美好的事情吧。可是她哭得停不下来。巨大的星星放射出纯白的光芒照耀着他们俩。

seimei-shiki

(波奇)

"今天你能替我去喂食吗?"由纪对我说。

老师交给了她一些值日的工作。

"可以呀。"

我立刻点头答应,由纪松了口气:

"谢啦。能早完事的话,我就马上过去。"

由纪认真负责,轮到她喂食时,至今没有偷过一次懒。总是以要练钢琴、要帮妈妈做家务等各种各样的理由让由纪替我去喂食,这次被由纪拜托帮忙反而让我感到欣慰。

放学后,我走入后山。

后山的小屋里有我和由纪的秘密宠物。我书包里装着午餐剩下的三个热狗面包。

波奇老老实实地等着我。

"抱歉,波奇,肚子饿了吗?"

波奇迟缓地转过头,透过坏掉的眼镜死死地盯着我手里的热狗面包。

我不知道波奇来自哪里。一天，由纪对我说："我在后山偷偷养了宠物，瑞穗也来瞧瞧？"我满心期待。由纪不爱说话，不太提及自己的事情。我觉得由纪和其他同学有点不一样。她拥有自己的世界，冷静地旁观着我们和老师。我偷偷地对由纪心怀憧憬。

这样的由纪，只对我诉说了她的秘密。这令我心中涌起非常甜美的幸福感。

"这是波奇。"

由纪从小屋中放出一个和我爸爸同龄的大叔，令我惊愕失色。

"由纪，这个，你养的是这个吗？"

"嗯，很可爱吧？"

我看着俯身静卧着被由纪摸头的中年男子，心生恐惧。

"这个宠物，最好戴个项圈吧？"

我脱口而出的就是：提议把它拴起来，以免这样危险的宠物伤害我们。

听了我的提议，由纪点点头表示认同。

"对啊，宠物是要戴上项圈。真不愧是瑞穗，我完全没想到。"

下次去见波奇时，波奇戴上了红色的项圈。

项圈上没有拴上链子，我觉得这样的话没什么意义，但是没有对满面喜悦的由纪说出口。

"我选了红色的项圈。是不是很像瑞穗中意的那条连衣裙？"

"我的连衣裙？"

"嗯，因为这可是我和瑞穗两个人的宠物呀。"

由纪露出难得一见的微笑，因而我脑海里的"危险"二字便被抛到九霄云外。

由纪把我喜欢的颜色给了珍爱的宠物，我因此受到鼓舞，面颊泛红。

"谢谢，由纪。项圈很可爱，很合适。"

我战战兢兢地靠近"波奇"，摸摸它的头。波奇身上散发着野兽的气味，头顶苍白的皮肤黏黏的。

波奇刚吃完我喂的热狗面包时，响起了敲门声。

"瑞穗，在吗？"

由纪背着书包出现了，一看就是值日结束立刻赶来的。

"波奇，来，我给你带牛奶了哦。"

由纪从书包里拿出牛奶瓶。

波奇有点开心又有点胆怯地盯着由纪取出的牛奶瓶。

"怎么了？这是波奇的呀，可以喝的。"

把牛奶倒入波奇的盘子里后，波奇开心地喝了起来。

"波奇，今天胃口也很好呢。"

由纪抚摸着波奇的头。

"刚才吃了三个热狗面包呢。"

"是吗？波奇肚子饿了吧。"

我犹豫要不要摸波奇的头。虽然波奇也有可爱之处，但摸的时候还是让人有点不舒服。由纪来回抚摸波奇的脑袋和凌乱的胡须，毫不介意。

我和由纪在早上开课一个小时前集合，一起去后山。

明明没有被拴住，但波奇并不逃走，老老实实地等着我们。

波奇总是用四肢爬行，除了吃食以外并不用手。这令我多少放心了些。

我和由纪总是手拉手一起打开藏匿波奇的小屋的门。波奇趴着，用湿润的眼睛看着我们。

波奇几乎不出声。

偶尔波奇会发出"liangdianzhiqianzuowan"的叫声。可能波奇在成为我们的宠物之前，被谁这样命令过吧。

我曾问由纪波奇是在哪里捡到的，由纪说是"大手町"①。

"那天补习班有考试，我一个人去大手町，然后看到迷路的波奇，就直接带回家喂了食，发现波奇很亲人。那时眼前浮现出瑞穗的脸。我想，要是我们一起养，一定能养育成可爱的宠物。"

没准现在大手町还有人在找波奇吧。但我和由纪决定，就算有别的饲主要来把波奇接走，我们也要保守秘密。波奇已经和我们这么亲昵了。学校后山的生活肯定要比大手町更加称心如意。

一天，我们去给波奇喂食，发现小屋的门敞开着。
"波奇？"
由纪呼唤着冲进小屋。
小屋中留有大鞋印，不见波奇踪迹。
"这个鞋印，不会是'大手町'吧？"我警惕地看着鞋印说。
"不会吧。"由纪脸色铁青。
"波奇已经回大手町了吧？"
我正要伸手拥抱埋头沮丧的由纪安慰她时，从外面传

---

① 东京都千代田区的地名，东京屈指可数的商业街。是上班族出没和聚集的地段。

来一阵声响。

由纪掠过我的指尖，飞奔向屋外。

波奇蹲在外面。

"波奇，太好了！太好了！"

由纪一把抱住波奇，抚摸着波奇的头顶和后背。

波奇应该是从大手町的追踪者手中逃脱了吧，头顶和西装上满是树叶。

"liangdianzhiqianzuowan。"

波奇低声鸣叫，在由纪的臂弯中闭上了眼睛。

(魔法的身体)　seimei-shiki

琉璃，你竟然和桥本志穗关系很好，真让人意外，亚纪和美保对我说。

"虽然你们在同一个社团，但完全不是一类人啊。"

中学二年级的教室里，混杂着身体已经发育逐渐长成"女人"形态的女孩和依然处处保留着小学时代身体轮廓、肉体仿佛少年的女孩。

不知道该归咎于长度过胸的黑长发、长太高的个头，还是公认的大胸部，我经常被错认为是高中生，有时甚至被认成大学生。朋友们都异口同声地说我"成熟"。这样的我和顺手背起小学生书包也不显奇怪的志穗在一起，或许会因违和感而引人注目。

志穗身材娇小外貌稚嫩，是个稳重的女孩。入学以来她的身体就没有成长，水手服依然很宽松。抬起胳膊的时候，从夏季校服的袖口可以看到她纯白的腋下。她总在教室的角落里，或是和同样稳重的五十岚同学、佐佐木同学聊天，或是一直一个人在桌前读书。

我和亚纪、美保一样，都属于"成熟"型女孩，所以她们两人会认为我和志穗不和。说到"成熟"，我的确经常被同学这么说。亚纪和美保也从不怀疑自己成熟，但我总思考："所谓成熟，到底是朝哪里发展成熟的呢？"比班里女孩子样貌成熟、精通服饰与化妆，像亚纪那样和高中生学长交往，还是像美保那样和大学生家教开车出去玩到深夜就能称之为"成熟"了呢？我总觉得这个词很孩子气。

若是以大家的标准，这个教室里最"成熟"的没准就是志穗呢。只有我知道，其实志穗从小学一年级开始就有了恋人。他们四年级时接了吻，中学一年级的夏天，在自己的意愿下与恋人体验了性。但志穗的成熟并不在此；即使没有这些事实，我也觉得：志穗可真有大人样。志穗并没有以众人趋之若鹜的所谓"成熟"为目标，也没有借用他人的语言和价值观来表达自己的身体与欲望。她总是郑重地对待自己的身体。志穗这一点最令我向往。

第一次听志穗说起关于性的话题是在一年级的冬天。

放学后，社团教室里经常只剩下我和志穗两个人。美术部分为油画组和水彩组，画油画的只有我和志穗。由于油画道具贵、技法难等理由，大家都选了水彩，在第二美术室作画。第一美术室里仅剩我们两人，默不作声地动笔作画也是尴尬，于是我就主动找志穗搭话，就这样我们变得熟络起来。

志穗和在教室时一样稳重而认真，无论和她聊什么话题，她都不会当作玩笑，而是郑重地回答我，所以和她聊天很愉快。一年级寒假刚结束，我们聊到恋爱的话题，当知道志穗曾经和男生发生关系时，我惊讶极了。初中一年级就有了初体验，我觉得太早了。况且，若是打扮成熟的浪荡女孩也就算了，像志穗这样稳重稚嫩的女生竟然有那样的经历，让人无法立刻相信。我最先闪过一丝担忧：志穗不会被什么萝莉控的变态男骗了吧？

"不是那样啦。我是依自己的意愿与他发生关系的，所以不用担心。"

"那……但是，对方男生多大了？不是被骗了吧？"

"对方啊，是同龄的男生，我的表亲。亲吻也好，发生关系也好，都是我主动的。当然了，我也没有做什么让阳太，啊，这是我表亲的名字，让阳太害怕的事情。"

"志穗主动的吗？为、为什么？"

"嗯……说不清楚……连那就是发生关系本身都没有考虑过呢。抱着抱着，就想去他肌肤的内侧了，仅此而已。"

我呆然地望着志穗那仿佛尚未初潮的稚嫩的身体，久久不能相信这些话。慢慢地深入聊下去，我才渐渐意识到志穗的行为不是为了迎合对方的性欲，不是为了满足好奇心，也不是为了变得比别人更成熟的自我满足，而真的是因为纯粹的情欲。

志穗和恋人只有盂兰盆节时才能见面。每年，盂兰盆节一到，亲戚们都聚到乡下一起过节，差不多有十个表亲一起放烟花、吃西瓜。小的时候，两个人就约定好以后要结婚。他们一起出门去老仓库中探险，或是手拉手走过奶奶家的田埂路。

志穗住在东京，男生住在奶奶家附近，远距离令两人难以单独相见。因为只能盂兰盆节时相见，所以这个时期他们就纵情相聚。小学四年级的盂兰盆节，在屋顶阁楼中接吻；上一个盂兰盆节时，在仓库中体验了性。若无其事诉说这些往事的志穗令我感到惊讶。

我曾以为接吻和发生关系是更下流的勾当。但是和志穗聊这些，让我觉得这些都是非常天真、纯粹的事情。

到了初二，即便同一个小团体的亚纪和隔壁班的女生因为被学长吻了之类的事而激动不已，我也不认为她们所经历的接吻和志穗的是同一种东西。

想去一个人肌肤的内侧——我从未有过这般想法。其他的女孩子也不像是抱有这般确实的欲望而和男生接吻的。

我感到她们只是以为被吻的自己是"成熟的大人"而已。

志穗一次也没有用过"被吻"这样的词。对于志穗来说，接吻是依自己的意愿做的事吧。

如果大人们听了志穗的事，肯定会引起巨大的骚动，但我觉得她只是诚实地面对自己的身体而已。郑重其事地凝视自己的欲望，与自己的身体对话，进而也在尊重对方的基础上发生关系。因此，志穗的吻并不是别人制造出的下流事物，而是属于志穗自己的。

我没有幼稚到认为早早有了"经验"就是成熟，但我强烈地希望自己也能和志穗一样诚实地面对自己的欲望。

今天万里无云，水彩组的同学们在老师的带领下去公园写生了，隔壁的第二美术室里空无一人，比平日更添几分安静。

"话说，志穗接吻的时候也伸舌头吗？"

我一边调红色颜料，一边唐突问道。志穗停下笔发出天真无邪的笑声。

"琉璃，这种事你听谁说的？"

"昨天，美保和亚纪说的。"

关于接吻和性，我只在保健课上学过一些知识。可能是志穗的影响，我不太喜欢用猥琐的语言去表现这类事情。

大家开始聊这些时，我便被排除在外。"因为琉璃讨厌黄段子。"亚纪她们说。

可能是因为我尽量避免朋友以"喂，琉璃，你知道吗"来强行开启"黄段子"的话题，直到昨天我都不知道接吻会用到舌头。亚纪和美保爆笑："哎呀，琉璃，你连这都不知道吗？！"

"舌头的用法，好像也有各种各样的技巧哟！"

"我快要被学长吻的时候，中途觉得恶心就逃掉了。学长虽然帅，但我还是感觉像 AV 里一样呀。"

"对、对，之前在亚纪家，网上看的视频很色……"

不知为何，我觉得把这些当作猥琐话题来聊的她们俩在一步步走向危险的境地。

她俩可能知道很多比志穗的体验更加刺激的事情。

但是，我总觉得亚纪和美保只是聊着别人制造出的下流之事，而并没有认真地"培育"自己身体中的所谓"下流"，所以她们才会轻易地就被别人的"下流之事"所吞噬。但是，这个年龄的我连这些都不知道，是不是太幼稚了呢？妈妈说过，没有知识就不能防御，所以性教育很重要。这个世界上貌似存在着很多即便上课听过也无法完全了解的"情色韵事"。

"不知道这些事，很奇怪吗？"

"不奇怪呀，而且'接什么样的吻'这种事，不到那个时候不知道的。我和阳太接吻的时候，根本不知道大人们也做这样的事。不过是自己想做的事情和大人们做的恰好相同而已。"

"不是本来就懂这些知识所以这样接吻的吗？"

志穗笑着摇摇头。

"不是的，我俩创造了只属于我俩的吻。之后在书本上得知别人也这样做时，既有些安心，也有些失望呢。我还以为那是只属于我和阳太的发明呢。"

"志穗自己也不知道为什么想那样做吗？"

"嗯，最初我们互相舔对方的脸颊，因为看起来柔软可口。渐渐地，我想要进入阳太的身体里，想去他的肌肤里，就舔了他的眼睑。阳太惊讶而张开了嘴，我就把舌头伸进去了。阳太吓了一大跳，但听了我的解释，他说：'明白了，来吧。'

"阳太晒黑的皮肤比我的厚实，我喜欢用舌头触碰他的皮肤，不过嘴里的感觉不一样。最开始，我舔了下嘴唇内侧，如婴儿般柔软，可能人的内脏也是这么柔软吧。

"我想要品味阳太更里面的味道，就翻越牙齿，尝到些许血的味道。那里有个小溃疡，在阳太身上开了个小小的孔。我轻轻地用舌尖抚摸，以防弄疼他。阳太的身体里很复杂，无论用舌头怎么触摸都不觉得腻。阳太里面不断涌出水来，嘴里逐渐湿润。牙床坚实，舌根部血管凹凸。一想到'我现在在阳太的内脏里'就特别开心。

"没想到阳太结实的皮肤内侧竟然如此松软，我不停地舔着阳太脸颊内侧。阳太笑着说：'好痒啊。'"

我感到，志穗经历的吻与亚纪和美保所经历的"色情且花样百出的吻"截然不同。

"我也会对谁产生这样的情感吗？"

"肯定会有的吧，琉璃很成熟的。"

我感到有些惊讶。

"啊？但是我会被亚纪她们说幼稚，说'琉璃什么都不懂'。"

"我认为琉璃只是很珍视这种不懂而已。我觉得讨论这些下流的事很重要，但只需要和重要的人讨论就够了。我只和阳太，还有琉璃说过。和太多人说的话，我想，即使能接吻也不能创造吻了。琉璃并不是不想懂，只是想保留自由，不是吗？"

志穗的话让我如释重负。我有点紧张，咽了咽口水，悄悄开口：

"……那个，我，没和志穗说，其实以前我做过一次梦。"

"梦?"

"不可思议的梦。小学五年级的时候,大概是刚刚初潮不久的时期。我……在妈妈刚刚晒好有太阳味道的被子里睡觉。这个时候,我梦见自己在肥皂泡里悠悠漂浮。"

志穗严肃地看着我。平时聊天她并不停笔,而今天她将笔放在了调色盘上。

"莫名其妙有种躁动不安的感觉,正琢磨这是怎么回事的时候,突然肥皂泡就全都一下子破裂了。那时,感觉身体中的血管瞬间收缩,仿佛在身体里真的破裂了一般,我一下子惊醒了。明明是个梦,可是全身都真实地保留着舒爽畅快。现在我也会思考:那到底是什么啊?在图书馆也查不到。"

志穗想了一会,说:"那大概就是男生叫作梦遗的东西吧?"

"梦遗?女生也会吗?"

"听说会。可能是读小说时读到过。这是很棒的经历呀。"

"志穗有没有过?"

志穗摇摇头。

"我一个人做过,所以知道这种身体破裂的感觉,但是没在梦里经历过。"

"这样啊。"

我一边在调色盘上调配红颜料一边问道。

"一个人做,是什么感觉?我可以问吗?"

"琉璃的话可以问。感觉在做一件非常纯洁无垢的事情。"

"纯洁无垢?"

"说不清楚,身体变得像孩子一样天真无邪,变得舒服,然后这种感觉在身体中破裂。结束以后,舒爽的疲劳感飘然而至,令人莫名安心,渐入睡眠。"

志穗说的和我的经历相似,但亦如异志怪谈一般奇妙。

听到老师的脚步声渐近,我俩慌忙拿起笔。

志穗一边观察夏天拍的照片,一边描绘田园光景。我涂不好桌上的塑料苹果的颜色,继续在调色盘上调配红色。

游泳课结束后的教室比平时潮湿,时常让人有种还在游泳的错觉。

为了让头发自然干,我没有束起头发。长度过胸的黑发饱含游泳池的水,隐隐地散发着漂白粉的味道。

第四节英语课是自习。在慵懒的浮游感中,我微微发困,模糊地听到远处亚纪、美保和男生一边做卷子一边嬉闹闲聊。

不经意间，耳中传来男生中轻率肤浅的冈崎的大声发言。

"喂，女人也玩单机游戏吗？"

"单机游戏，哈哈哈，冈崎！太要命了！"

冈崎做了个下流的手势，引起了周围男生一阵爆笑。冈崎一边坏笑一边说："可是在 AV 里面都有啊。"

"冈崎，你太恶心了！怎么可能做那种事！"

亚纪满脸通红大声骂道，并卷起英语卷子敲打冈崎的后背。

"也是啊。不过，濑户这种成熟型的，可能会让男朋友教一教……"

"我懂，濑户很骚呢！"

被指名道姓的我耳根发热。若是平时我一定会气势十足地反击，但脑海中回想起昨天和志穗说的话，令我无法行动。

是不是那些话被谁偷听到，然后成为男生们背地里的笑料了呢？是不是因此他们才说了这些话，嘲笑我是下流的人，以看我出糗为乐呢？这样的念头挥之不去，我好想狂奔逃离这里。

说不出话，只能不断祈祷这个话题赶紧结束之时——"冈崎同学。"一个纤细的声音突然出现了。将膝盖架在桌上坐着的冈崎回头看到娇小的志穗站在那里。

"冈崎同学，这个，日志，刚才老师给我的。昨天是你值日对吧？老师让你重写。"

"啊，好的。"

孩子般的志穗突然出现在"黄段子"讲得火热的群体中，让男生们多少有些回不过神来。

志穗迅速吸了口气，把日志朝冈崎一递，如念着什么一般，用纤细的声音低声说：

"……我们的快乐是我们的东西，你们的快乐也是你们的东西，我们发现我们的快乐，不背叛快乐，我们也不背叛我们的身体……"

毫无顿挫念出的话并不是为了让谁听到，却如咒语一般。攥在志穗手里的黑色日志文件夹仿佛是一本魔法书。

志穗几乎不和男生说话，而她突然用微弱的声音碎碎念，大家都没能马上听清她说的话。"啊？什么，什么？"大家困惑地面面相觑。

不知为何，我却清晰鲜明地听到了志穗微弱的声音。"给你。"志穗没有重复自己的话，只是微笑着将日志递给冈崎，低着头回到了自己的座位上，开始写英语卷子。

"呃，什么什么，她说了什么？"

"我也没听清。好像听到什么，你们啊……身体啊之类的……"

"我也搞不懂,总之,是让你别说色色的事的意思吧?我说冈崎,桥本都让你惹怒了,你个傻蛋!"亚纪说。

"可不是吗!男生就是这么傻蛋。琉璃都吓坏了。"她笑道。

大家貌似松了口气,又开始说起黄段子。使用大量轻言妄语,将自己的知识和经历以非常粗俗的方式展示出来。每当这时,亚纪和美保都乐此不疲地高声叫着:"讨厌!""真是太恶心了!"并引起阵阵爆笑。大家就这样开始嗤笑自己的性。

志穗从不这样。我一直注视着低着头一个劲儿在卷子上写字的志穗。

到了午休,大家开始准备吃便当时,我一把抓住正要站起来的志穗的手腕,拉她到阳台。

"怎么了,琉璃?要吃午饭了啊。"

关上窗,阳台上只剩我俩,志穗表情讶异。

"志穗,那个,我,刚才觉得自己很丢人。那个时候非常丢人,所以,志穗你能过来真是太好了。"

志穗舒缓了表情,似乎安心了。

"听我说,我也是一样的。那个时候,感觉被嘲笑的是自己一样,感觉对自己来说很珍贵的东西被别人当作笑料毁掉了。那个是我的咒语。我声音小,冈崎同学也好,别人也好大概都听不见的,但是我就是想严肃地说出来。我可以说出来,在我心里这不是丢人的事,如果不这样做我就会心存不安。那是我守护自己世界的咒语啊。"

志穗一脸愁容俯下身来。

"如果不这样做就会被吞噬殆尽,我和琉璃你是一样的啊。"

我明明一直觉得志穗比我成熟得多,尽管她俯下的身体娇小,套在宽松的水手服里,而眼前的她看起来却虚幻极了。我抱住志穗娇小的身体。

志穗娇弱而且个子比我小,所以我能将她全部纳入我的臂弯里。她埋头于我的胸前,困惑地发问:"琉璃,你怎么了?"

我们相拥着,我的黑发和志穗的黑发纠缠在一起。头发上的泳池水几乎蒸发没了,却依然残留着微微的漂白粉味。

我抱着志穗尚未发育成女人如少年般的身体,啜啜地说:"志穗,谢谢你。"

我们还很脆弱,会被强势的话语、支配世界的大人们创造的价值观轻易地击溃。每当这时,我们就咏诵咒语,必须让我们的身体归属于我们自己。这肯定是非常艰难的事，但若不如此防御，我们珍视的世界就会毁灭。我用力抱紧志穗，用明快的声音说：

"听到蝉鸣了，很快就到暑假了呢。"

听了我的话，志穗的表情顿然明朗，在我的臂弯里直起身。

"是呀，快点来吧！真令人期待。"

志穗这个夏天肯定也要去乡下见自己的恋人吧。在那里，志穗和挚爱的男生结合。我边体会着这件事的幸福，边将自己的脸埋入志穗柔软的头发。

那天晚上，我结束社团活动回到家里，脱掉校服钻进毛毯。

妈妈打工晚归，桌上摆着盖着保鲜膜的晚饭。虽然我肚子饿了，可是我想尝试其他事，我想试着用自己的手再现梦中的体验。

我一边回忆那个梦境，一边闭上了眼睛。浮想起那个梦中的肥皂泡时，身体仿佛呼应记忆一般，体内开始阵阵隐痛。

倾听身体的声音，从肌肤之上触摸呼应的细胞。脚踝的跟腱、耳垂背面、膝盖后方、头部血管。细胞逐渐颤动，仿佛有很多熠熠发光的星团在身体里游走。

循着那星团的呼唤，我右腿缠着毛毯，突然发力。星团颤动着，闪烁着，摇曳着，随着我腿的动作逐渐膨胀。

我在自己的皮肤里飘荡。我曾以为自己的身体中只有血液和内脏，没想到身体里会产生这样魔法星团一样的东西，我人生中第一次知道原来身体内部是如此广阔的天地。

啊，破裂了，当我意识到的瞬间，身体中的光粒四处飞溅。魔法的粒子一下子从全身蒸发。我想着，也许能看到从身体中飞散出来的光粒，微微睁开眼却看到随夜风摆动的窗帘。

夜的气味，悠然地动摇着房间里的空气。床单上散开的黑发比平时干枯，哦，对了，我模糊记起今天白天游了泳。

身体被酷似白天在游泳池游泳后的那种舒适的倦怠感所包裹，任由身体如飘浮在风中摇荡一般懒散，我渐渐入眠。

不经意间看到指尖，大拇指指甲上残留着放学后画油画时的红色颜料。我一边浅眠，一边注视着如天真无邪的指甲油般点染了自己的颜料，缓缓沉入睡梦之中。

(风之恋人)

seimei-shiki

奈绪子叫我风太，因为我经常随风依依，因为我总是被风冲撞而膨起。

我是奈绪子小学一年级的时候，由她爸爸崇先生挂在这个房间里的。把我用挂钩固定好后，崇先生心满意足地抚摸奈绪子的头。

"看，奈绪子喜欢的水蓝色，多漂亮。"

"不如粉色。水蓝色的话，到晚上天空好像还是蓝色的。"

奈绪子噘着嘴，不过她的眼睛一直追逐着我稀释得很淡很淡的天空一般的浅蓝色。

我担任遮住这间房右侧窗户的工作。窗子另一侧是白色阳台，阳台后面有庭院。如同我同胎兄弟一般的另一块布说了句"好了，以后就在这干等着被风吹脏"，就无言睡去了。我一点也不困，我满心好奇地环顾奈绪子，以及奈绪子房间里粉红色的靠垫和崭新的书桌等。

奈绪子仿佛知道我醒着，她只给我取名"风太"。

到了早晨，奈绪子背着红色的书包去上学。过了会儿，奈绪子的妈妈和美太太进来打扫房间。"得换换气。"她边说边把我身后的玻璃窗打开。

奈绪子回家之前的时间里，我就随风翩翩，如同在房间中游走一般。

奈绪子从学校放学回家以后，会马上说"好冷"，并关上窗户。然后连书包都不放下就把脸埋在我的胸口说："风太，我回来了。"

虽然顶着风太这个名字，但是我可讨厌风了。冬天冰凉、夏天温热，像全身被来回抚摸一样令人恶心。奈绪子因为怕冷会立刻关窗，真是帮了我的大忙。

入夜后，奈绪子会在不开灯的房间里静静地抱紧我，将脸贴近。

我在昏暗的房间里，被奈绪子的双臂紧紧锁住，偶尔还会听到她呼唤我的名字："风太。"每次遭遇伤心的事，奈绪子就会这样将我紧抱。

由纪夫第一次来房间是我刚满11岁的时候。那是个我最讨厌的季节。奈绪子经常忘记关纱窗，本来就经常骤然来风的季节里，庭院里的樱花瓣也混迹风中黏在我身体各处。

奈绪子上高二了。和美太太一直坐立不安,往房间里送了好几次果汁和零食。和美太太每次离开房间,奈绪子和由纪夫就羞赧地相视而笑。

"抱歉,第一次有男孩子来我房间,所以我妈妈有点坐不住。"

"我不介意的。"

由纪夫相貌平凡,相当纤瘦。个头也不是很高,棱角分明的脸比奈绪子还小。

窗外的阳光照射在他又黑又细的头发上,表面泛起一层浅棕色的光。稀疏斑驳的眉毛下面是一双形状如小叶子一般的眼睛。他黑色的瞳孔在反射窗外的阳光时,也会呈现淡棕色。

白色校服衬衫袖子的卷起处,露着他的长胳膊。虽然纤细,但他胳膊的肌肉走向清晰可见,和奈绪子柔软的四肢截然不同。

由纪夫比和美太太高大健壮一点儿,他一走动,房间里就生起一阵微风。

"啊,风太被窗户夹住了。"

奈绪子站起来,开窗拉我。

"风太是谁?"

"啊，是这条窗帘……小时候就这么叫，成了习惯。太幼稚了吗？"

"没有。"

由纪夫没有笑话奈绪子，只是眯着眼睛摇摇头。

"是个好名字。"

由纪夫说完就吃起和美太太端来的曲奇饼干。

那手指、那手腕，无声的一举一动，每每在房间里卷起阵阵微弱的风。由纪夫布满青筋的手臂仿佛被风缠绕着一般。

我一边看着手臂默默地、温柔地震颤着房间里的空气，一边琢磨着：若是这样的风，我也想全身沐浴其中。

那之后，由纪夫经常来玩。

由纪夫第三次来的时候，用放在房间一角的小电视看电影的奈绪子，毫无征兆地拉住他的校服袖子。

由纪夫如被风吹倒一般，靠近奈绪子的脸，轻轻地落下一吻。由纪夫透着淡淡桃色的薄唇无声无息地朝着奈绪子飘然降临。这很像贴在我眼前的纱窗上的樱花瓣。由纪夫睁开眼，只是睫毛略微低垂。奈绪子紧紧地闭着眼，所以随风微颤的睫毛是只属于我的风景。

在这之后一个星期六的夜晚，由纪夫在家里留宿。和美太太和崇先生出远门参加一种叫法会的活动，不在家。

一楼的客厅里不断传来笑声，两个人好像在做西式炖菜，香味传到了二楼。

之后，两个人上了二楼，并排坐着吃布丁。这是昨晚奈绪子做好冰镇的。白色的布丁滑入由纪夫淡樱色的唇间。

"真好吃。"

由纪夫微笑着看着奈绪子。奈绪子一脸沮丧地噘起嘴。

"但土豆沙拉失败了，炖菜也差不多都是由纪夫做的。"

"你允许我留宿，做那点事是应该的。"

"我可不想这样，布丁谁都能做。"

"没有的事，真的很好吃。"

"可是……"

吃完了布丁，由纪夫和奈绪子站起来，钻进床上的白床单的缝隙中。

动作生疏的由纪夫用手指划过奈绪子的肌肤，几乎不出汗的由纪夫额头渗出的水，我都看在眼里。

从由纪夫轻薄皮肤滑下来的水滴落在锁骨上的一刹那，奈绪子好像朝我瞥了一眼。

第二天，奈绪子一个人起床更衣去楼下了。

隐约飘上来煎蛋的香味，她貌似在给由纪夫做早餐，大概是想一雪昨天的前耻吧。

由纪夫在奈绪子离开后的床上，露出肩膀熟睡着。

清瘦的肩膀受凉微颤的瞬间，我让一个银色的挂钩脱离了窗帘杆。

一个、两个，一个个拆下银色挂钩，趁着原本可憎的风从外面吹进来的时机，乘风跳跃。

我在房间里乘风浮游。有一刹那，我什么声音也听不见，仿佛置身海底。我屏住呼吸，悄然盖在由纪夫身上。

我感受到了一直以来遥望着的由纪夫的肌肤。

"奈绪子……"

由纪夫在睡梦中呢喃，将我拥入怀中。

由纪夫的胳膊卷起微风，震颤着我的身体。由纪夫的手指、双腿、肩膀每动一下，都会卷起略微潮湿的无声的风。

"奈绪子。"

由纪夫的唇间也泄露微风。

我颤抖着吸纳这全部。我第一次明白，我 11 年来一直被挂在这房间中，都是为了能沐浴在这风中。

"你干什么呢？"

突然听到一个生硬的声音。做好饭的奈绪子站在昏暗的门口，望着这边。

"诶……"

由纪夫边揉眼睛边坐起来。

"为什么风太在这儿？"

"不知道，被风吹过来的吧。"

"怎么会。挂钩全都从窗帘杆吹掉了？"

"我也不知道啊。"

由纪夫困惑地看着我。由纪夫的体重让床垫凹陷，我随着由纪夫引起的震动，发出细响落到地板上。

到了冬天，奈绪子社团活动的伙伴们聚集在房间里，开了一场简单的圣诞聚会。奈绪子的房间里散落着果汁瓶、混在果汁瓶中的少数酒易拉罐，以及大量的零食包装袋。

坐在中间净说笑话，染着明亮棕色头发的男生突然拍着由纪夫肩膀说道："喂，由纪夫，你有没有出过轨？"

"怎么会。"

"没和其他女人搞过哪怕一次？"

"别说傻话。由纪夫可不像你。"和奈绪子关系很好的女生边说边敲打男生的头。

由纪夫看着这场面，喝了口碳酸水，平淡地说：

"让我想想,也算有一次吧。"

"诶,真的吗?!竟然有这种事?!"

女生很惊讶,继续向由纪夫逼问。由纪夫笑了,突然把脸朝这边看来,用手指着我:

"只有一次,把风太错认成奈绪子啦。"

"原来是这样啊。"

大家都笑了。

"认错了,抱紧了呼唤:'奈绪子。'吓了我一跳。"

"我说由纪夫,你是不是傻?"

只有棕色头发的男生满脸疑惑。

"风太是谁?"

"奈绪子啊,就像对待玩偶一样给窗帘起了名字,真孩子气。"

"哎呀哎呀,这不正是由纪夫喜欢她的地方吗?"

由纪夫带着笑意,把碳酸水注入唇间缝隙中。

只有奈绪子没有笑,坐在床最角落的地方,一动不动地盯着我。

那之后不久的一个下午,夕阳西照的房间中,穿着校服的由纪夫和奈绪子在房间里安静地交谈着。

"为什么要分手?"

被由纪夫的话震惊了，明明没有开窗，我也摇动了一下。

"嗯。"

"为什么？能不能告诉我理由？"

"……我有喜欢的人。"

奈绪子用干涸的眼睛望着上空说道。

"其实是我和你交往以后才发现的。你和我喜欢的人有点像，所以才喜欢上你，对不起。"

"原来如此。"

由纪夫坦然地点点头，反而显得悲戚。之后，两个人沉默许久，就像看电影一样凝望窗外天空变化。晚霞渐渐暗淡，不久化身为靛蓝色的暗夜。

由纪夫哭了一小会儿。

看着由纪夫眼睛里流出的透明的水，我第一次觉得奈绪子很可恶，竟然把由纪夫弄哭了。

由纪夫离开的房间里，奈绪子过来将我抱紧。这是久违的拥抱。奈绪子的膝盖颤抖着，两个膝盖都低垂到地毯上去了。她的手紧紧地抓住我不放开。

奈绪子的呼吸带着不自然的温热，如夏日突起的风一般令人难以呼吸。奈绪子埋头于我身上，潮湿的气息将我沾湿。

　　奈绪子仿佛在祈祷着什么一样保持着静止不动，闭上眼睛。

　　我在没有由纪夫手臂和手指卷起的风的房间里，茫然地垂落着沉重的身体。染成靛蓝色的房间的空气在寂静无声中凝固，再无波澜。

seimei-shiki

(拼图)

从震颤着打开的车门里溢出微热的空气，仿佛被这空气引诱一般，早苗将身体勉强挤入爆满的电车车厢。被后面上车的上班族推挤着，顶着后背的压力钻入人墙。早苗潜至一个上班族下颌处，从头顶降下来湿润的气息，弄得额头痒痒的。

"你还好吗，早苗？"

站在旁边的同事惠美子问。早苗看看她，眯眼微笑："没事。"

电车启动，乘客们像是寻找氧气一般略微扬起脸。被朝上的嘴唇们包围的早苗，放松身体偎依在体温的漩涡里。各种各样的嘴里释放出来的叹息溶解在空气中，她仿佛沉浸其中，闭着眼睛漂浮着，用肌肤感受那种湿度。浑身沾染乘客们吐出的二氧化碳是件幸福的事。以前还流行过"森林浴"这种词汇，早苗喜欢这种可以被称为"人类浴"的状态。

下一站停车时又上来一拨人，温热的压迫感更加强烈，她恍惚间微微睁开眼，发现旁边的上班族烦躁地"啧"了一声。脑中浮现出单薄皲裂的嘴唇内侧绛红色舌头在口中来回活动的画面，她注视着他脸上那张开的黑洞，内心充满羡慕之情。发觉早苗视线的上班族刹那间露出不可思议的表情，看着略带笑意的早苗，大概是明白自己因为好意而被注视，于是又化成一副自尊心得到满足的表情。

电车抵达早苗的换乘站，她依依不舍地随着人潮下车。月台上，惠美子边叹气边整理着凌乱的头发。

"惠美子。"

"啊，早苗！太好了，以为和你走散了。今天比平时还挤，太崩溃了。"

眉头紧锁一脸不悦的惠美子发现早苗依然微笑着，感到不可思议。

"你看起来完全不在乎啊。一贯如此，真是无论什么时候都不会烦躁啊。"

"看来你讨厌上下班高峰呀。"

"没人会喜欢吧。"

"是吗？我从来不觉得讨厌。"

早苗表情温柔地望着月台上嘈杂的人山人海，惠美子看着早苗耸耸肩。

"你有种达观的气质,我从没见过焦躁不安的你。公司里的年轻人也都这么说:早苗前辈从不发火,很温柔。"

"是吗?"

"对啊,特别是由佳,总是'好喜欢早苗好喜欢早苗'的,聒噪得很,还说下次要一起喝酒。"

"由佳不认生呢。"

她们边说边乘上扶梯,下一列车驶入月台。回望来车的动静,早苗俯视从车门流泻而出的生命体漩涡,情不自禁地想要伸出手。

"怎么了,早苗?"

"……没,没什么。"

早苗微微摇头,将视线调转回惠美子的方向。生命体们产生的热气,以及肉体发出的声响形成空气震动,缓缓地冲击着她的后背。

早苗住在位于大型商务区夹缝中的一个满整洁的公寓里。早苗穿着高跟鞋在林立的高楼间前进,总觉得自己就是这些高楼的一员。

看着混凝土灰色的渐变,她想起小时候曾经住过的小区。从那时起,早苗就觉得自己是小区里的一栋楼。

早苗小时候身体不太好,大多时候都是坐在路边的长椅上看着大家在小区公园里玩耍。当早苗将滚到脚边的球递还给别人时，她惊讶于他们手的温热。那时，她意识到：他们是生命体，体内扎实地埋藏着生命之核。

早苗背后，灰色的高楼们列队整齐，和早苗一样注视着孩子们。

离开家乡到东京，早苗开始了一个人的生活。中介带着她来到这个商务区，介绍说：这里交通很便利。看到这情景，早苗心想果然如此。《丑小鸭》里阴差阳错被当作鸭子养大的小天鹅回归原本的种群时，大概就是这种心情吧。不过与绘本中的故事不同，早苗该回归的地方不是天鹅群，而是这些无机高楼的队列。阴差阳错混入其中的人群虽然更加美好，但不知不觉间早苗还是被拉回了本应待的地方。

早苗从窗帘缝隙里俯瞰街灯下穿梭的头顶和后背。人们往来活动的姿态不管怎么看都不会觉得腻。

人体内埋藏着生命之核。生命体是多么美好啊。早苗目不转睛地盯着他们的皮肤和肌肉，如同在用显微镜观察珍稀的细胞。

在皮肤包裹下肉体隐约可见，蠕动的内脏挤在一起。肌肉盘根错节遍布全身，脖子上浮现的血管里血液在不停循环。她情不自禁地钻进窗帘的缝隙，将额头紧贴在玻璃窗上凝神注视。有个人似乎感觉到了她的视线，朝她这边看了过来。她慌忙离开窗前，逃到微暗的房间中央。

放在茶几上的小镜子里映出早苗苍白的脸。她把镜子拿起来，想起来今天早晨忘了把镜子合上。

早苗映在镜子里的皮肤表面有种粉末感，完全透不出应该存在其中的血肉。两颊和额头颜色均匀，甚至惹人生疑：内部是不是填满了和表面一样的材质。只有涂了眼影的眼睑带着微弱的光泽，但也因此看起来像一面只涂了一处油漆的白色混凝土。

回想起电车里沐浴的温热的二氧化碳，早苗对着镜子用力深呼吸。但是从包有牙釉质的牙齿缝隙喷出的风是冰冷的，甚至不像呼吸而只不过是送风。

早苗叹了口气，将镜子合上放回矮桌。由于不太想看到自己不像生命体的容貌，所以除了早上梳妆时她不照镜子。在厕浴间里没有镜子，这个房间里只有这么一个小小的梳妆镜。早苗看不到自己的容貌而稍稍放松下来，于是便站起来开始做饭。

可能是因为她不太容易饿，往自己脸上的那个黑洞里灌入食物时，心情就如同把厨余垃圾倒入垃圾桶一般。她觉得这有点儿恶心，曾经改成光喝营养剂直到贫血晕倒，所以那之后她不得已只好把一定量的食物继续投入那个洞里。

把早上做的味噌汤重新加热，带着高汤和味噌香味的蒸气升起。

她用银色的大汤勺在锅里缓缓地搅拌着，对于吸入这样的气味都无法产生食欲的自己感到束手无策。

公司午休时间，早苗和同期的几个朋友一起进入空会议室。平时，他们都在这里各自打开带的便当或是便利店塑料袋。今天，所有人都把同款黄色塑料袋摆放在了桌子上，刚才大家拉帮结伙去了旁边新开的便当店。听说那家店不光有普通的便当，还有墨西哥炒饭和夏威夷米饭汉堡等特色种类，口碑很好，所以他们就去买来尝尝。

惠美子从包装袋里取出便当，噘起了嘴。

"刚才的店员可真让人火大，态度太差了吧！"

"就是，真是的。那种临时工就应该赶紧开除。真想打电话投诉。"

点单的店员态度恶劣，让大家都很烦躁。

用塑料勺子开始吃墨西哥炒饭的女孩皱起眉头：

"哇，好难吃！"

"真的，不仅态度差味道也差，真是烂到家了。不会再去第二次了。"

"果然还是应该选平时吃的那家便当屋。"

的确，肉很柴，汤的味道很重，很难说是高质量的味道。看着微笑品尝的早苗，惠美子说：

"早苗你不生那家店的气吗？"

"我？不啊，没什么。"早苗微笑着说道。

其他朋友也笑了。

"早苗心胸宽广，极少发火呢。"

"是啊，今天中午，被冈岛各种批评，也没表现出一点儿不悦。"

冈岛是和早苗同部门的女同事，经常用非常苛刻的口吻教育别人。大家都讨厌她，但早苗从没有生过一次气。

"那个人啊，说的话或许没错，可是用那种口吻教育别人，别人也就不想听了，只会生气。"

"我也讨厌冈岛。幸好和她不是一个部门。"

"话说回来，早苗好像不在乎呢。从没见过她说冈岛坏话，但也不像是在忍着。"

"早苗没有讨厌的人？"

"嗯。"

早苗微笑着点点头。我对生命体们心驰神往，自然不会觉得他们讨厌。

"早苗可真厉害，也只有你说这种话不会让人反感。"

"是吗？"

"我讨厌说'没有讨厌的人'的人,感觉他们很虚伪,但早苗另当别论。从早苗口中说出来,就让人觉得是真心的。"

早苗边伸手拿起桌上的矿泉水边说:

"我从小就很少生别人的气。"

"是吗,看来这种人是天生的。我总是生气,压力大得皮肤都粗糙了。真羡慕你。"

"一点儿也不好。"

早苗看着女同事,在心里念叨:其实自己才是经常羡慕她们。

在叹气的女同事口腔深处可以看到唾液反射的光。生命体如泉眼一般,涌出各种各样的液体。唾液、尿液、血液等液体,散发着和从嘴里喷出的沾染了内脏臭味的空气一样的腥臭味。每一种液体,若是早苗排出来的,就怎么也没有那种生机盎然的感觉。

女同事望着一直盯着自己的早苗的眼睛。

"早苗的眼睛真好看,能从中感受到她对人的喜爱。"

"嗯,被她看着感觉很舒服。"

早苗发现自己刚才紧紧盯着别人看,不好意思地低下了头。

她总是注视着生命体们,有时也担心会令人感到有些被冒犯。不过不可思议的是，她从未被讨厌，大概是因为大家用肌肤感受到了她投向她们的视线里混杂着的羡慕之情吧。早苗的视线总是被诠释为善意。

吃完饭收拾好，准备回归岗位的时候，早苗被惠美子叫住。

"对了，差点忘了，早苗，给你这个。"

"什么？"

早苗接过递来的轻薄塑料袋，里面放着包了塑料壳子的东西。

"给你吧，我已经用不着了。"

"这是什么？唱片吗？"

"不是，是健身DVD。最近你不是说自己的身体冰凉吗？这个运动强度很大，对付手脚冰凉效果很好。"

早苗微微一笑。她所说的自己"身体冰凉"和惠美子理解的意思稍有分歧，不过还是很感激对方的好意。

"谢谢，我练练看。"

"不用介意，反正也是放在家里不用的东西。啊，我回去前先去一下卫生间。"

惠美子边说边轻轻挥手，快步走向走廊。早苗想象着那肉体里充斥着的排泄物，默默地握紧了手里的塑料袋。

下班后,早苗和惠美子一同走出公司所在的办公楼,站在对面花坛旁的男人抬起了头。这个男人穿着和夏日阳光不相称的黑色长袖衬衣,搭配同色紧身裤,和早苗她们目光相接便慌张低头,开始玩手里的手机。

"那个人,好可疑啊。"

惠美子皱起眉头。男人低着头,一会儿把手机放入口袋一会儿又拿出来,可能是手滑了,手机插入裤子口袋时又掉了出来。

早苗捡起滑到脚边的手机,朝男人走了过去。

"给。"

男人满脸讶异地看着对他报以微笑的早苗,急忙从早苗手里接过手机,快步离开了。

"这种事,根本不用管。早苗真是太好心了。"

早苗回想起男人额头皮肤渗出的细汗,还有在皮肤间隙转动的眼球。低头看自己的皮肤,即便是现在这般炎热,苍白的表面也丝毫没有渗出水分。

"跟着今天惠美子给的 DVD 锻炼会不会流汗呢?"

"哦哦,那个呀?很管用的,我可是练得大汗淋漓呢。"

"是吗……"

刚才男人站着的柏油马路上留下了几滴液体的印迹,可能是从男人身上流出的汗水。早苗抚摸着自己毫无变化的皮肤表面，想象着皮肤下的肉蠕动、体液流出的景象。

早苗换上薄T恤和五分裤，打开电视开关。回家后，早苗马上开始尝试跟着惠美子给的DVD内容练习，饭都没吃就开始准备了。

把DVD放入光驱，屏幕里出现一个外国女教练的身影。看着她青筋浮出皮肤的身体，可以想象出遍布在这身体上的肌肉和位于中央的心脏。早苗情不自禁地看入了迷，音乐响起，她才回过神来，赶紧开始活动筋骨。

按照指示做了一会儿，渐渐感觉到皮肤下面产生了变化，身体中的水向外渗出，感觉到从额头的皮肤表面的小孔里挤出了液体。

但是滑过脸颊的汗并不黏腻，从早苗的皮肤表面呲溜呲溜地滑落。看着落在胳膊上透明的液体，早苗想到窗上的结露。这虽然是从体内渗出的液体，但却并非体液。嘴里呼出的风愈发强劲，但正因如此，反而只觉得自己是一个有开关的机器。

伴随着一个小时的剧烈运动，"自己只是个容器"的感觉越发强烈。无论内脏如何剧烈活动，无论水分如何向外喷涌，早苗都不过是这些东西的容器而已。

早苗终于停下了，按下遥控器按钮关了屏幕。骤暗的电视屏幕上只映出一个表面流淌着结露的水滴的灰色微型高楼。

早苗也不擦内部渗出的水,只是茫然地呆站着。她突然想到什么,隔着衣服按了按心脏的位置,心脏剧烈地怦怦直跳。但那种感觉仅仅是像吞下一只金鱼一般,是那只金鱼在剧烈地翻腾,而不是自己的心脏。

她叹了口气,把脸靠近灰暗的屏幕,盯着看。眼睛、鼻子和嘴的地方有昏暗的洞,从嘴里可以隐约看到舌头,就像附着在窗户上的鼻涕虫一样,很难把它看作有神经贯通的肉体的一部分。

转天,早苗和同期的同事一同去参加公司的聚餐,刚一出门,惠美子就停下了脚步。

"怎么了?"

惠美子朝早苗看看,默默地用下巴指了指花坛——昨天的那个男人抓着另一个女人的手腕。

"原来是在等由佳啊。"

早苗听到惠美子的低语再定睛一看,男人抓着的正是同事由佳。身旁同期的女同事皱起了眉头。

"怎么回事,那是由佳的男朋友吗?要是的话,这关系很恶劣啊。"

"是不是最好帮帮她？"

"不过，有点吓人啊。要不要叫男的过来？"

大家远远观望的时候，早苗毫不犹豫地朝两个人走去。

"由佳，怎么了？"

"早苗。"

由佳用柔弱的声音说。

"您好，您和她认识吗？"

男人肩膀颤抖着看过来，发觉早苗脸上浮现出亲近人的笑意，脱力一般松开了由佳的手。

"有什么问题吗？！"

看到早苗眯着眼睛笑得更亲切了，男人向后退了一步，转移视线低下了头，用黑色衬衣擦擦汗走掉了。

早苗依依不舍地眺望着远去的生命体，由佳抱紧了她的手臂。

"早苗，谢谢你。"

"由佳你出了好多汗啊，没事吧？"

"嗯……"

早苗微笑着注视由佳的额头和脖子上渗出的汗水，后面传来了惠美子的声音。

"早苗你没事吧？"

"嗯嗯。"

"没事就好。大家都走了，我们也走吧。"

"嗯嗯，由佳，我们走吧。"

早苗搂着由佳的后背，那里也被洇湿了，她感觉由佳的水分渗入了自己干燥的手臂，把手臂压在由佳的后背上细细品味着。

聚餐开始后一个小时左右，坐在靠里座位喝酒的由佳面色铁青，摇摇晃晃地站了起来。

早苗想到泛起的液体已经涌到了那被手痛苦按住的胸口，赶紧从后面追了上去。

如其所愿，由佳正蹲在厕所里对着马桶呕吐。

"你没事吧？"

"早苗……"

由佳不好意思地投来虚弱的视线，马上又转向了马桶。

她娇小的身体里怎么隐藏着这么多的水分呢？固体和液体混合颜色浓淡不一的呕吐物流入马桶，明明这些刚才还是餐桌上的饭菜，现在却被她的内脏溶解，散发着完全相反的异臭。

早苗为此而感动，将脸靠近马桶。刚才进入她的嘴里还没有经过一个小时，食物就已经溶解成了这个样子，生命体的内脏真是强壮有力啊！

早苗缓缓地拍着她的背，想让她再多吐出一些内脏里有气味的水。这些动作似乎起了作用，从她的唇间又溢出了一些液体。

早苗不由得加大了摩挲她后背的手劲，那一瞬间她听到剧烈呕吐的声音，赶紧看看由佳的脸。

"对不起，是不是拍重了？没事吧？"

"嗯……谢谢你，早苗。"

因为反复呕吐，由佳的眼窝湿润，感觉现在从中也能洒落出液体。从这个洞里也能流出液体啊，早苗看入了神。由佳叹了口气，捂住嘴俯下身去。早苗拿出手帕擦去零星溅到由佳胸口的呕吐物。

"那么脏，哪能麻烦你。"

"没关系。想吐的时候最好全吐出来，对吧？"

从马桶里飘来带着酒气的呕吐物的味道。早苗被这浸染着内脏味道的液体的气味包围着，眯着眼睛看着由佳这个气味的源泉。

"好了，我已经好多了。"

由佳边说边站起来，冲了马桶。胃液溶解的炸鸡块和炒面被吸走了，马桶里的水恢复透明，回归无趣的样子。由佳用自来水漱漱口，用嘶哑的声音说：

"对不起，今天我先回去了。餐费我回来再付……"

"好的，我去拿随身物品。"

早苗被每每发言都会散发出微弱内脏味道的嘴唇夺去视线，微笑着点点头。

早苗拿着随身物品，扶着由佳的肩膀向外走。由佳双眼湿润着抬头看早苗说：

"早苗，你为什么对我这么好呢？"

"啊？"

早苗莫名其妙地歪歪头。由佳细声细语地说：

"我都吐成那样了，那么脏，你还一直轻拍我的背……"

"一点也不脏呀。"

早苗笑着说，由佳眼角浮现泪光，说道：

"刚才也是。大家都在远处观望，只有早苗来帮我……那个男人，是我的前男友。早就分手了，但一直执拗地纠缠我……真的太恐怖了。"

"是这样啊。"

"最近他在公司前面守着……"

早苗想起那个男人，虽然他举动有些怪异，但反而让他看起来格外有生命力。想着黑衬衣包裹下颤抖的肩膀，早苗笑了。

"那么，没准他也会出现在家门口，要不我送你回家吧。"

"怎么能给你添这么多的麻烦呢,我坐出租车去朋友家就好。"

"是吗?"

由佳拦了一辆出租车,坐到后座上后,用手帕捂着嘴深深地鞠了个躬。

"早苗,真的很感谢你。"

送走关门离开的出租车,早苗回到餐馆里,惠美子一脸担忧地从里面走过来。

"由佳怎么样了,没事吧?"

"嗯,已经好多了。我叫了辆车把她送走了。"

"还不到一个小时就醉倒了,本来今天身体状态就不太好吧。"

"今天比平时多喝了不少呢。"

"是吗?感觉在借酒浇愁呢。刚才她被诡异的男人纠缠,事态不妙啊。早苗刚才一直照顾她吗?辛苦了。你总是对那样的人悉心照顾。时间还早,接着喝吧。"

"不好意思,喝之前我想先去一下洗手间。"早苗说着便向洗手间走去了。

早苗觉得靠近刚才由佳抱着的马桶的话,还能闻到由佳内脏的味道。褪下内裤坐在马桶上,由佳刚才一直抱住的便器上还留有微弱的余温。

早苗轻轻地深呼吸,下腹用力。早苗不太擅长排泄,即使有尿意或便意也像事不关己一样,没有紧迫感,所以不使劲就排不出来。

过了一会儿,终于从身体里开始流出了温热的水。尽力排泄完毕,早苗站起来回头看了看马桶。可能是维生素摄取过量了,马桶里汇聚着如同加了颜料一般异常鲜艳的黄色液体,但是液体里完全没有散发出动物排泄物的气味。

无论怎么盯着看,都像是溶解了黄色颜料的水桶一般,完全感受不到生命体的气息。早苗的肉体也感受不到排泄结束的畅快感,只是身体中流淌的带颜色的水流出了体外而已。

她叹着气冲马桶,鲜艳的柠檬黄色的水被马桶吸走了。

回到座位,早苗收拾好随身物品对惠美子说:

"不好意思,我也先走了,有点儿不舒服。"

"诶,早苗也醉了吗?但你几乎没喝酒呀?"

"嗯,好像有点儿感冒,我不应该勉强来。"

"没事吧?我送你吧。"

"就是有点儿发热,没关系的。不好意思,这是我和由佳的餐费,拜托你们了。"

早苗把钱递给惠美子,穿上薄开衫,离开餐馆。在门口把包在肩头背好，想起了男人渗出的汗水和由佳内脏的气味。

拿出手帕，上面微微残留着由佳内脏的气味，轻按自己的嘴唇则只能感受到从中送出一阵低温的风。没有湿度的风不遂人意，她把食指伸入口中，但那里并不滑溜，不过是渗出一些雨水般的液体罢了。

早苗低着头，过了一会就稍微深呼吸了一下，走入夜晚的闹市。

刚开始她小步疾走，渐渐加速。水喷薄而出，口鼻中氧气和二氧化碳开始频繁进出往来。按着胸口，心脏在剧烈地跳动。但是，和昨夜一样，这剧烈活动的心脏仿佛不是自己的东西，而是寄生在自己身上的其他生物，自己不过是一个承载这些的混凝土容器罢了，这种感觉愈发强烈。

果然还是不行啊，早苗轻叹一声，停下了脚步。

不知不觉，她跑到公司所在的商务区来了。擦了擦顺着脸流下来的液体，抬起头来，眼前矗立着浅灰色的办公楼。

抬头望着这栋办公楼，早苗不禁倒吸了一口凉气——这正是现在早苗的姿态。

浅灰色的高楼上窗户排列整齐，透过窗子可以窥见绛红色和苍白的东西忽隐忽现。

那是高楼的内脏，早苗被窗子里蠕动的肉吸引了。

混凝土的长方体中，有生物来回活动、呼吸、颤动。这是一只安静的动物，不是容器和生存其中的生物，而是化作融为一体的巨大的生命体。

早苗摸了摸自己的胸口，这里面有心脏在跳动，振动一直传导到皮肤表面。

混凝土和人类并非相反的两者，在这个世上四处蠢动的人类都是我们这些灰色高楼共同所有的内脏。早苗边思索这些边摇摇晃晃地靠近高楼。

她一触碰浅灰色的表面，混凝土的冰冷就侵蚀而来。早苗充满粉末感的苍白手背像融入混凝土中一般。但她已经不会觉得这些是无机物了，不知是内脏带来的振动，还是外面路过的车带来的震动，高楼表面隐约颤动。早苗觉得这只高楼惹人怜爱，像是细细品味这振动一般，一直用苍白的手抚摸着混凝土。

"早苗，你怎么了？"

听到有人叫她，早苗回过神来，原来是惠美子。

"感觉你在神游呢。"惠美子笑道。

早苗也笑了笑。神游？确实也可以这么说。

明明昨天还和同事们在同一个地方吃午饭，现在早苗感觉自己仿佛置身于完全不同的场所。

到昨天为止还是人类的人们，换了另一张面孔坐在她的面前。被薄膜包裹着的血液和肉块蠕动着，放出声响，散发热量，不停颤抖。

早苗缓缓环顾房间，高楼内壁之中，似乎化作一大块肉。早苗低头看看自己无机物一般的膝盖——只有自己是掺杂在高楼内脏中的，被误食的塑料碎片，像是人造器官一般，而且感觉材质上有些差异。但是即便如此，到昨天为止体会到的那种疏离感消失了。我是一个小小的高楼，所以眼前的内在也是我的内脏，早苗在心中念道。我们不过是外壁与内壁之间的差异，我们是一个整体，是一个巨大的生物。

"看起来，早苗遇到了什么好事呀。"

女同事盯着早苗苍白的脸说。

"交到男朋友了？"

"啊，我也这么觉得，感觉眼睛里流露出的温柔比平时更多了呢。"

"什么跟什么呀。"

惠美子笑了，看着早苗的眼睛继续说："不过，我也能理解你们说的意思。"

"没发生什么啊，可能是惠美子给的 DVD 起作用了。"

"啊，那个啊，挺不错的吧？"

"非常有用。"

"什么什么，电影吗？"

惠美子开始给伸长脖子好奇的女同事解释锻炼的事情。

早苗陶醉地望着靠在一起的两个肉块。透过薄膜可见淡红色的肉，像要融为一体一般依靠在一起蠕动，随着呼吸略微伸缩，像是她们活着的证据。但是，这不仅是她们活着的证据，也是包裹着她们的巨大高楼的颤抖。

早苗抚摸着自己干燥的表面，有肉的触感。在肉里面有血色的器官，和眼前的内脏们一样颤抖着，曾经只当自己内部都是寄生物，而如今也显得惹人怜爱了。

"啊，早苗又笑了。才不是什么DVD，绝对是交男朋友了。"

"我说早苗，要真是这样，你可得如实汇报呀。"

被膜包裹着的肉块们向这边靠了过来，早苗终于忍不住笑出了声。像是被她的笑感染了，内脏们也颤动着发出声音。那声音在楼中回荡着，响彻整个大楼。

回家的路上，她们悠闲地被高楼吐出来时，看到黑衬衣的男人站在那儿。早苗亲切地笑着走了过去，对男人说：

"你好。"

男人惊讶地抖了一下肩膀看过来。

"你怎么了?"

男人眼球来回转动,就像要从早苗不可思议的视线逃脱一样,而额头流下的汗珠离眼睛越来越近。

早苗拿出手帕,想要擦拭男人的汗水。

男人赶忙把脸躲开,早苗用温柔的声音对他说:"汗要流进眼睛里了啊。"

男人瞠目结舌,听见高楼方向传来有人靠近的声音,便像弹开一般走掉了。早苗紧握着手帕呆站在那里,发现包里的手机响了,取出手机解锁屏幕,原来是由佳的短信。

"辛苦了。昨天非常感谢。如果明天晚上您有空的话,能不能找个地方听我详细说说我的事情?"

早苗立刻回复"可以",看了一眼男人离去的方向,便往车站走去。

第二天午休的时候,早苗没吃午饭躲进厕所隔间里,放下马桶盖坐在马桶上。

照照镜子,映出的依然是一张蒙着灰色的脸。眼角、鼻孔、嘴巴,各处都开着洞。仔细观察眼角和嘴巴,可以看到里面有血色的肉。迄今为止,她并不觉得这些是自己的一部分,但现在却感觉都是深入自己内部的可爱生物。

寄居蟹的壳大概也觉得深入自己内部的生命体如此可爱吧。早苗离开厕所回到座位，忽然在走廊停下脚步，从窗户俯瞰高楼入口处。从那里一点儿一点儿溢出内脏，自己和高楼联结在一起，感觉像是从自己脚下溢出的一般。在自己内部蠕动的内脏们也这样流出，被其他高楼吸入体内。入夜后，里面的肉块们全部被赶出来，高楼变为单纯的混凝土长方体一动不动地矗立着，然后等待着明天内脏们的到来。

早苗如饥似渴地眺望着外面的内脏，突然有人拍了拍她的后背。

"早苗，你在这啊。我正找你呢，打你手机也不接。"

回头一看，惠美子正一脸担忧地看着她。

"午饭，我先吃完了。你干什么呢？"

"对不起，我刚走神了。"

"早苗，你没事吧？前天你也说你感冒了，要是身体不舒服就提前下班吧。"

"没事，我比平时还健康呢。"

惠美子看着早苗，稍稍歪着头。

"我昨天就感觉到了，你的气质真是越来越温柔了呢。是不是真的交了男朋友啊？"

"没交什么男朋友啊。"

"是吗？唉，不说算啦。大家可都说，早苗中午不在，是因为在给男朋友打电话呢。早苗就是人太好了才让人有距离感，但从昨天开始这种隔阂感就消失了。"

"是吗？"

"嗯嗯，要是有什么好消息，下次一定如实汇报哦。哎呀，坏了，现在可不是闲聊的时候。你是不是还没吃午饭？不快点儿的话，午休就结束啦。"

"没关系，我不怎么饿。"

"那就好，身体不舒服的话可不要勉强呀。"惠美子反复叮嘱。

"那我去刷牙啦。"她轻轻挥手快步走向洗手间。早苗目送她离开后，凝视映在窗户玻璃上的自己的眼睛。

大家享受着被这样怜爱内脏般的目光注视。这就是大家同为一个生物整体的证明，令她心生欢喜。早苗轻轻抚摸着走廊的墙壁，这墙壁比往常温暖，像是能感受到对往来其中的内脏们的怜爱之情。

到点下班进入更衣室，由佳已经换好衣服等着早苗了。

"对不起，等好久了吧？"

"没关系。"

早苗脱下制服，对由佳笑笑。

"去哪儿？你要谈的话题，是不是最好不要在公司附近的地方为好？"

"其实，也不是不可告人的坏事……最好能平静地聊天，方便的话要不要来我家？"

"由佳家？"

"对，对公司的其他人说和父母同住，其实我在离这里挺近的地方一个人住呢。"

"是吗，那就去你家吧。"

离开公司，由佳环顾四周。确定那个男人不在，她稍稍松了一口气，喃喃自语："和早苗一起就不担心了。"

早苗点点头，两个人一起朝离公司有点儿距离的JR车站走去。

早苗在全然蜕变的世界中缓慢前行。

眼前坚固而巨大的白色波浪一直延续到远方，那坚硬的波浪的底边连在一起，仿佛时间停滞一般静止不前。四角形的隆起结成一个个茧，其中有内脏在蠕动。只有这些才是这个世界活着的证据，此前当作街区的东西，现在也像是一只巨兽。

即使不能回到原来的世界，也完全没有任何问题，一切反而都变得愈发顺畅。

早苗沉浸在这景色之中，明明是异世界却莫名惹人怀念。这时，听到旁边轻声私语：

"不知为何，觉得你今天比平时更温柔了呢。"

"是吗……是这样吗？我现在情绪很稳定呢。"

"果然找你商量是对的。和你在一起，我就心神安宁。"

听了这些话，早苗将视线转向由佳。生为人的由佳已经不在那里了，现在的她是一只乘于波浪之上移动的小小胃袋，而且这才是她应有的形态。

胃袋在生物表面移动，不久后在一枚小小的茧前面停下了。

"这就是我住的公寓，很破旧。"

"挺好的地方呢。"

胃袋仿佛知道自己该去的地方，被吸入了白茧之中。早苗出神地看着这情景，听到茧中有人说话："早苗，请进吧。"

胃袋在里面静止了以后，用嘶哑的声音诉说起来：

"我之前和你说的那个前男友，已经不是缠人，而是不正常了。他自己也说，自己有病，但就是停不下来。短信、蹲守都让人精疲力竭……"

早苗注视着惹人怜爱颤抖的胃袋，胃袋一点点地渗出胃液,一滴滴地在表面流淌。

"在早苗身边真让人放心……我一直都特别害怕,特别发愁……"

"我会一直守护着你的。因为……"

因为你是我的胃袋呀,早苗差点说出口。她闭口不言,感觉外面有什么在振动。

"早苗……我感觉就像被什么包裹着一样。"

"是吗?你可以更依赖我。"

"真是太感谢了……啊,坏了,我也没给你倒杯茶,光顾着滔滔不绝讲自己的事情了,对不起。红茶和咖啡,你喝哪个?"

"都可以。"

"那就红茶吧,稍等。"

看着开始在狭窄的茧中活动的胃袋,早苗抚摸着自己苍白的表面。到昨天为止还在这个位置的心脏不知何时流走了,现在那里似乎空无一物。

那个时候,再一次感受到一个发热的东西在外面振动。

早苗明白了,这是自己的心脏来了。

"欢迎回来。"

向茧外探出头,早苗这样喃喃自语,排出的心脏回来了。她感觉自己一直在等待着这一天的到来。

外面传来吸入空气的声音，心脏默默地颤抖着。那心脏看到早苗的瞬间便开始颤抖，早苗不禁为自己充满活力的心脏感到欣喜，想摸上去拉到自己这边来。

"……别，别碰我……"

心脏哀嚎一声，从早苗身边弹开。

"怎么了？"

背后，胃袋大声说：

"早苗，没事吧？阿诚，我要说多少遍你才会懂？你别再来了！"

"由佳，这、这个人很怪！她脑子有病！"

"有病的是你！"

"我、我一直站着，她不觉得可疑，反而笑着靠近我。她脑子不正常啊！"

早苗完全不明白为什么心脏要说那样的话。早苗可能确实生活在异世界里，但这个世界和他们不是内脏而是人类的那个世界是互为表里的整体，能够毫无违和感地共存。

"你说什么傻话呢！每天、每天都发几百条短信，蹲守着堵我，我已经无法再忍下去了，我要报警。你快出去！"

"由佳……"

心脏当场开始剧烈地颤抖，从中渗出的透明液体滴落下来。

"你看看这个,我如此爱你。"

胃袋哀号一声,看到心脏流出血液。果然眼前的这个就是心脏,早苗开心起来。

"别这样,不要过来!"

"为什么要这么说……我无法控制我自己,仅此而已。"

早苗向自己的心脏走进了一步。

"没关系。到这边来,情绪会变得平和的。"

"早苗,你不用对这种人都这么温柔。我真的要叫警察了!"

胃袋低声说道,血液更加迅猛地从心脏里流出。

"到这边的世界来吧,好吗?这样就没人把你当作异类了。"

"……说什么呢……"

"无论生活在怎样的异世界里,只要拼图能分毫不差地拼对,就可以永远一起生活下去。"

早苗用灰色的臂弯抱住心脏。

"早苗,连这种人都……"

胃袋感动地小声念道。

早苗沉醉于自己内侧挣扎的心脏的颤抖之中,与迄今为止那些感觉遥不可及的脏器们不同,这颗心脏和自己是一个整体。来到这个世界,终于能与脏器融为一体了。早苗用全身力气抱紧它以便体味这颤抖，与此呼应，心脏剧烈挣扎起来。

像是她与心脏是一个整体的证明一般，早苗的肉体开始对这充满活力的动作产生反应。她感受到从皮肤涌出汗水，体温上升。早苗差点儿笑出了声。果然我们是同一只生物。随着这颗心脏的颤动，肉体也开始有了生机蠢蠢欲动。早苗渗出的汗水和之前的水不同，变成了黏稠的体液。自己的肉体显而易见地被激活了。内脏的臭气从嘴里喷出，全身流出黏黏的汗。

为了表达赞赏之情，早苗用力将心脏抱得更紧了，伴着早苗的声音，心脏更加剧烈地颤抖，而早苗的肉体也随之而颤抖。

（ 品尝街道 ）　seimei-shiki

走到办公楼门口，自动门感应到我要外出吃午饭而开启的瞬间，温热的空气扑面而来。被明明刚开春却如夏日般闷热的空气包裹着，我的脑海里突然浮现出儿时暑假的情景，嗅到夏日气息时我总是如此。不光是我，别人闻到这样的味道，嗅觉也定会触动暑假的记忆，清晰地浮现出那令人怀念的光景。

到小学毕业为止，盂兰盆节临近时，一家三口都会依照惯例开车去父亲的乡下老家住一个星期左右。父亲的老家是长野县山中一个典型的乡村。沿着狭窄的山路开很久才能抵达的老家，玄关和儿童房差不多大。我对和琦玉自己家风格迥异的古老宅子感到新奇，每次到了那里就马上在家中跑来跑去四处探险。拉门连接着一个个房间，即便我在这宽敞的家中迷路，或因突然闯进大人们休息的起居室而遭到呵斥，我也会在被大人们放走后，马上又冲出去，打开拉门继续在房间里来回跑。结束在家里的探险后，接下来我就在外面尽情玩耍。到了吃晚饭的时间，肚子饿了，就去反复偷窥母亲和奶奶做饭的厨房。我饭量小，但是在乡下总是能吃下成倍的食物，让父母感到惊喜。奶奶从外面的田地里采摘的蔬菜比自己家吃的更加甘甜。我大口咀嚼着平时不吃的蔬菜，感到不可思议。

我走进公司旁的咖啡店，沉浸在平凡的暑假回忆中的思绪被拉回现实。午饭端上来以后，我立刻掀开三明治把番茄片择出来放在盘子里。吃着牛油果金枪鱼盖饭的同事小雪看到这个场景，把茶色卷发别到耳后，笑着说：

"理奈，你又这样。明明可以点菜的时候就不要嘛。"

"我点菜的时候明明说得清清楚楚，可还是加了。"

这家店卖和洋合璧的盖饭和三明治，以菜品丰富而获得人气，店里坐满了在这附近工作的职业女性。这里的三明治现烤现卖带着焦痕，夹着厚实汉堡肉，的确美味。但是黏糊糊贴在面包上的蔬菜有一股土腥味，令人蹙眉。

平时在公司，小雪吃自制便当，我吃便利店买的三明治和饭团，不过昨天发了工资，所以我们决定稍微奢侈一把。我很挑食，所以不太喜欢在外面吃。和公司里的前辈一起吃饭的时候，没法把二十六岁了还挑食说出口，经常都是默默忍受着囫囵吐下。不过小雪和我同岁，在公司之外也一起玩，她和我感情很好，所以这次我毫无顾虑，将生菜放到盘子上。

"不吃蔬菜，还是对身体不太好呀。"

"嗯，道理我都明白。小时候我明明能吃更多。"

"别人都是长大了就会改掉不吃蔬菜的毛病。"

离开琦玉父母家，在东京市内开始独居生活之后，我的偏食变严重了，可能不是不爱吃菜，而是不爱吃东京的菜。虽然在父母家我有时会把蔬菜剩下，但乡下寄来的番茄和茄子、附近无人摊位卖的黄瓜之类的我总是能美滋滋地吃下。你的嘴可真刁啊，母亲经常这样笑话我。不过对于我来说，两者真的有天壤之别。附近超市里大多是副食品和便当，蔬菜区很小，只摆着些萧疏枯萎的菜叶，还被分成一人份的小包装。我边想着这些边咬了一口三明治，面包内侧沾着带土腥味的番茄汁。我眉头一紧，用冰水将面包碎屑送进胃里。

"我感觉，要是新鲜蔬菜的话，我能吃。"

"那样的话，要不要在阳台弄个小型家庭菜园？"

听了小雪的话，我摇摇头。

"我已经养死了三盆仙人掌了，估计不行，而且本来也没那个空间。"

"啊，这附近有那种把无农药蔬菜从农田直送到家的服务，你能不能吃这种？就是有点儿贵。"

"是啊。好吃的太贵，便宜的难吃。普通的菜有股土腥味，你不觉得吗？"

"我倒是不太在意。"

吃完饭，我取出几种保健胶囊吞下，其实我明白，还是好好吃饭更健康。散落着面包屑的盘子上，压瘪的西红柿叠在一起，浓稠的绿色内脏流了出来。

傍晚，结束工作离开公司的时候，空气比中午时冰冷多了。从包里取出围巾披在肩上看了看表，已过五点半。我无缘由地联想着：若是在夏日的乡下，正是厨房中逐渐热闹起来的时刻啊。

现在，大家甚至商量着要把奶奶去世后无人居住的房子拆掉。但在那乡下的家里，盂兰盆节时曾经格外热闹，做饭也很辛苦。包括奶奶和母亲在内的女人们准备大量的晚饭期间，玩累的孩子们大多在睡午觉。我在熟睡的小堂妹们旁边百无聊赖地看着电视，这种时候父亲经常叫我一起去散步。走过细细水流冰镇西瓜的水龙头，经过早已不再使用的古井旁，走出庭院进入旁边的山路。"理奈，你知道吗？这个可以吃哟。"父亲从山上采摘来一些吃的东西，有时候是野莓，有时候是小叶子。山路两侧浓淡各异的绿色相互交缠在一起，深处是漆黑茂密的树林。我害怕从四面突然飞出的大虫子而蜷缩着身子，但父亲熟练地将手探入那绿色之中。我咬了一口父亲递给我的山的碎片，温热的汁液渗了出来。

那天，父亲拾起庭边的树枝："看，这个形状多好。"那是一根英语字母 Y 形的粗壮结实的树枝。父亲一脸怀念地抚摸着它说：

"在这绑上皮筋就能弹飞石子啦，我以前经常玩。"

我赶紧解下束后面头发的皮筋给他："那你试试呀，试试呀。""这种皮筋可弹不远。"父亲笑着说，"好吧，我来试试。"他回到家里，拿来一个又粗又大的皮筋和一小块厚布片。

"这块布是干什么的？"

"嗯？啊，这个是放石头的。"

说着，父亲坐在外廊上，从工具箱中取出锥子，在布片上打孔，穿上皮筋，拽着布的部分拉伸、收缩皮筋一阵子，突然站起来说："理奈，我们走吧！"父亲莫名地干劲十足，快步前进，我慌忙一路小跑追在后面。

父亲进山后，边说"走路尽量不要出声"，一边朝上观察搜寻着什么。不久后，父亲站定，在我耳边小声说：

"看到了看到了！理奈，听好，安静地待在这儿等着。"

父亲从脚下拾起几块小石头，留我在那屏息凝神，便俯身潜入草丛。他走到靠近大树一侧，把小石子包在小布片里，像拉弓一样拉紧皮筋。皮筋被拉伸到和父亲手臂一样的长度，仿佛马上就要崩断。我有些害怕，甚至要叫出声来。这时，父亲突然松手，力道强劲地将小石子射向树枝。正当我被树上的鸟儿一齐四散而飞的景象吸引之时……"哇，我的功力不减当年啊。"父亲边说边慢慢走到树干周围，从草丛中拾起什么。父亲用双手将那个东西包在手心里，我看不到。父亲单手拿着拾起的东西，另一只手牵起我的手走路。我想窥探父亲手中的东西，但视线被父亲的身体遮挡而无法看到。

"这个烤了给你吃吧。"

"麻雀吗？你逮着不得了的东西啦，从哪儿逮到这种东西的？"

奶奶正在准备晚饭，切了大量的蔬菜放在盆中。她满脸的皱纹起伏愈发明显，姿态伛偻地站起身说："来，你也帮把手。"我被大人叫去帮忙，坐在姑姑和堂姐中间开始用削皮器削土豆皮，但我总是往奶奶那边看，所以手里的活儿毫无进展。过了一会儿，奶奶用报纸盛着一个黑乎乎的东西递给我。

"这个烫嘴，小心点儿吃。"

"哦，你尝尝看？"

听了父亲的话，我点点头，小心翼翼地伸手拿起来。看起来与其说是麻雀，倒不如说是小木乃伊。咬上一口烤得焦黑的肉，香气四溢，肚子空空的我急着张大嘴想再咬一口，却一下子就咬到了骨头。奶奶看到这场面哈哈大笑。

"都是骨头，没多少可以吃的地方。"

"那倒是，不过很好吃吧，理奈？"

"嗯！"

我充满活力地点点头，想象着山上的小鸟也像果实一样结在树上。比起包装盒里卖的肉，山上采摘的肉又扁又小，但是现采摘的麻雀肉仿佛还有生气一般，小小的身体里容纳了各种味道，特别是头的部分柔软而美味。"这是脑仁，你将来肯定爱喝酒。"大人们笑道。

我琢磨着，要是能像那时的父亲一样，从山里一点一点采摘食物，在傍晚的夕阳下散步该多好啊。日本桥的商务区行道树很少，这就让我愈发怀念记忆中的光景。说起来还是有花坛的，不过里面都是精心修整的花卉，前方立着写有花卉名称的标牌，与其说是在生长，不如说是在展示。今天鬼使神差地想要换个入口下地铁，便向前多走了一点儿，发现在花坛和花坛之间放着一个有点儿脏的花盆，大概是谁忘在那儿了。估计工作人员不久就会将花盆撤走吧。凑近一看，一棵低矮的枯木周围杂草繁生，甚至蔓延到花盆之外。我发现其中还有几株早生的蒲公英，不由得伸出手。我情不自禁地采下这许久未见的黄花，看着断茎上的空洞，才想起来蒲公英的茎是这个样子。与此同时，我同蒲公英亲密玩耍的记忆苏醒了。小时候，我曾用茎和竹签做成水车，现在已经想不起具体的制作方法了。我反复端详着花朵准备离开时，对面走来一位高雅的老妇人，她眯着眼睛微笑走过。

一个成年女人摘蒲公英的花，估计这种事情看起来太少女情怀了吧——想到这我突然觉得有点儿羞耻，赶紧把花放进包里，快步向地铁走去。

回到家中打开书包，黄色的花朵在包里萎缩了。我完全把花朵的事情给忘记了，赶紧把被小包压扁的黄色花朵取出来。在果酱空瓶里加上水，把打蔫的蒲公英插进去。大概是空洞的茎开始吸水了，蒲公英渐渐恢复了生机。

转天，小雪和我如往常一样，在空闲会议室里吃午饭。无意间聊起昨天的事情，说到了蒲公英和乡下老家的回忆，没想到小雪来了兴致：

"真羡慕你呀。我一直生活在东京，爷爷奶奶也是本地人，所以没有所谓的乡下老家，几乎没有摘花玩儿过，也没有做过花冠和蒲公英水车。我很向往这种经历。"

"这样啊。"

"嗯,感觉特别健康,这才是人该有的生活。我一周去一次健身房,但一点儿也不健康。将散步时采摘的花朵装饰在房间里,感觉比任何香薰都要奢侈。"

"真的到了乡下,倒不会摘花什么的。父亲小时候好像时常到山上采摘野莓吃。"

"哇,这种更令人向往了。"

"向往吗?总觉得这样不拘小节、无所顾忌地做一些城里人看起来很残忍的事情,也怪可笑的。比如父亲小时候家里养的鸡,特别可爱,但是一旦不下蛋了,就会被爷爷杀掉做成晚饭。父亲说,他倒也不觉得鸡可怜,还能一起津津有味地吃。"

小雪笑道:"挺好的嘛,这才更自然。这样才能体会到领受生命的感觉嘛。"

说着说着,我也有了兴致,边吃便利店的面包边小声念道:

"听说即便在东京市内,大公园里也生长着艾蒿,要不要尝试采一些来?手工艾蒿年糕和外面卖的味道完全不同呢。"

我半开玩笑地说道,而小雪却面色严肃地点了点头。

"我们试试吧,又可以运动又可以采摘蔬菜,不是对身体有双重的益处吗?"

我看了看自己的午饭,一个大夹心甜面包和一个副食咸面包。这个星期以来,我还没有吃过一丁点儿蔬菜,我自己也清楚热量很高。虽然并不想吃便利店和超市里打蔫儿的蔬菜,但如果是自己采摘的艾蒿的话没准能吃得有滋有味。

"试试看吧,也许能稍微克服一下不爱吃蔬菜的毛病。"

"如果做了艾蒿年糕,也让我尝尝呀。"小雪笑着说。

我点头说,那当然。这彻底勾起了我对艾蒿年糕的口腹之欲,一边将干燥的面包吞入喉咙,一边回忆着那令人怀念的味道。

"理奈你下班啦,辛苦辛苦。啊,今天穿得挺轻便呀。"

转天,工作结束后在更衣室换衣服时,比我晚一点儿进来的小雪一脸稀奇地看着我的穿着说道。

"啊,小雪,你也下班啦,辛苦辛苦。"

"莫非,你今天要去寻找艾蒿?"

"嗯,顺便散步。"

"我说真的,要是采到了让我尝尝呀。"

小雪挥手离开更衣室后,我也昂首挺胸地走了,书包里准备了一个便利店塑料袋。在埼玉老家的时候,到了开春时节，偶尔会到附近的空地采摘紫萁和蕨菜。说实话，紫萁怕是没戏，但能采到艾蒿就很开心了。就算没有艾蒿，蒲公英之类的应该很容易找到吧。虽然知道蒲公英可以食用，但也没有实际食用的经验，看起来也不怎么好吃，所以并不打算做成今晚的主菜，但稍微尝一尝也无妨。与其说是专门去采摘野菜，不如说是散步途中的消遣而已。

我首先来到昨天发现蒲公英的地方，但那里除了我采摘的一株以外已经没有别的蒲公英了。拔掉仅剩的叶子后，我窥探杂草丛生的花坛，看看有没有其他显眼的野草，但都只是些我不知道名字的野草，就作罢了。

把蒲公英的叶子装进塑料袋时，发现一个年纪相近的OL（白领女性）用费解的眼神看着我。我赶紧离开花坛，说起来，要是被公司的人看到也有点无从解释。这时，旁边驶过一辆向两旁排放废气的卡车。看着蔓延到人行道的灰色烟尘，我赶紧把包打开，把蒲公英从袋子里取出来，扔进了旁边便利店的垃圾桶里。我意识到：路边的草怎能当食材入口呢？我突然觉得自己好傻，竟然不动脑筋想想就以为"只要是蒲公英就行"，于是我重新出发，去寻找洁净的蒲公英。

我转了几个公园，大公园里有流浪汉的据点，想到在那里可能有人躺过或者排泄过，别说吃了，连土壤都不想触碰。小型儿童公园则成了上班族的休息场所，散落着烟蒂和喝完的饮料罐。接触过垃圾的东西必然是不能食用的。转来转去，我终于找到了一个垃圾比较少的公园，大概是来这里遛狗的人很多，所以设有"请把狗粪带走"的告示牌。果然，要想在东京市内找到可以食用的野草是无谋之举，但我有些意气用事，想着"怎么也得找出一棵洁净的蒲公英"，于是又继续出发，去那种管理严谨，没有流浪汉的据点和遛狗路径的公园就好。我转了几个儿童公园，不知不觉来到了东京火车站，于是决定去喷水公园看看。

公园在街边地图中是用绿色标示的，所以我没有料到：公园地面用混凝土整修过，排列着大型喷泉，几乎没有绿色。我有些许失望，环顾四周，混凝土周围环绕着小土堤，那里暴露着土壤。人工种植的花木周围被精心打理过，不过还是有少量杂草生长。我边走边弯腰搜寻蒲公英。我突然想到：自己看都不看喷泉一眼，光绕着土堤看，不是显得很不正常吗？赶紧抬头环顾四周，好在这里只有一些看起来像是外国游客的人在拍照。游客的话，即便觉得我有点奇怪大概也不会上前阻止，想到这里，我把脸比刚才靠得更近，开始在杂草中物色。

现在的自己找野菜的画面和浮现在脑海里经常在老家附近空地摘艾蒿的光景，或是在附近的县立公园捡栗子的样子相差甚远。现在的我就像翻垃圾的乌鸦一般,别说富足的心情了,简直称得上凄惨。我一边留意着他人的视线,一边环顾四周,一边想着赶紧完事儿赶紧走,一边擦拭额头上渗出的汗。

围着公园绕了半周,终于发现一个地方生长着一簇蒲公英。我再一次环顾四周,为了防止指甲里进土,我从包里掏出另一个装着中午吃剩下的面包的小袋子,把手伸进去用力抓住花和叶子。用裹在袋子里的手将周围的蒲公英逐个信手掐断,把花和叶子放入便利店的塑料袋中。然后,就像偷了东西一样赶紧放入包里向地铁站走去。周围已经一片黑暗,公园里空无一人。本以为春天来了所以穿得轻薄,可夜晚的空气比想象中冰冷,肩膀都冻僵了。

我赶紧围上披肩,坐上地铁,可手和肩膀怎么也暖和不起来。进了屋立刻打开暖气,把塑料袋放到小矮桌上。

我沏了杯茶,边啜茶暖和身子边望着小矮桌上的塑料袋。紧贴在袋子内侧、隐约可见的绿色一股穷酸气,怎么也没法看作食物。考虑是不是就这样原封不动扔掉,可摘都摘了,还是姑且尝试一下吧。我从袋子里把蒲公英取了出来。

花看起来没法吃,所以扔进了水池边的三角垃圾篓。低头看手上正在用水清洗的叶子,发现已经全蔫了,还不如便利店里买的沙拉新鲜。细心清洗后，准备把叶子放在砧板上，想了想，还是先在上面铺了塑料袋才把叶子平放在砧板上。

我印象中蒲公英大多做成天妇罗，不过房间配套的电磁炉火力不足，无法炸东西，我也不打算费那个功夫。蒲公英略苦涩，我打算做成适合食用的味噌汤。我担心煮不透，所以想先煮叶子然后再调味，于是开始用刀切蒲公英。

一刀下去，从叶子里渗出浓稠的绿汁，从中飘出一股气味，这不是做菜时的气味，而是小时候在校园里割草时飘来的青草味。我突然感觉自己不像是在做菜，而像是在玩泥巴。我心中疑惑：这东西真的能吃吗？

我姑且试着把草放入沸腾的锅里，感觉自己就像制作草药的魔女。绿色渐渐扩散到热水里，看起来感觉可以染布。总觉得怪吓人的，于是将渗出绿汁的热水倒掉添上新水，重复了好几次，再继续小心加热，看着草变得柔软失去弹性，这才加入味噌。可是用勺子挖味噌时，又感觉正在把珍贵的味噌放到垃圾汤里，莫名踌躇。我告诉自己，味道淡了不好吃才最浪费。最终挖了一大勺味噌溶解在锅里。

我总算把味噌汤做好了，盛入碗里，看起来倒是和菠菜之类的味噌汤很像。但也有点儿像飘着垃圾的下水道污水。

我从保温状态的电饭锅里盛了碗米饭，放在小矮桌上，感觉就像小孩子玩儿的过家家一样，勾不起食欲。我用筷子夹了一口白饭放入嘴里，然后鼓起勇气，把味噌汤送入口中。

绿色的块状物入口的一瞬间，我脑海里立刻浮现出刚才那个有灰色喷泉的公园的风景。想到自己正在吃的是那个公园的一部分，差点又吐出来。

煮了太久的绿色汤汁中没有任何味道，只有类似沾湿的纸巾的触感在舌尖纠缠。我脑海中浮现出公园里来往的人影，胃里泛起一阵恶心，赶紧吐在纸巾上。看见白色的纸巾上打蔫儿的蒲公英叶子，意识到这就是垃圾。我把锅里的汤全倒入水池扔掉，从冰箱里拿出纳豆食用，但不怎么吃得下，剩了一半。我一丝不苟地刷牙，反复漱口，但舌头表面始终残留着无味叶子的触感。

转天是星期五，我身体不适，只得去休息室休息。小雪帮我从后勤拿来体温计，一量：38.5 ℃。日常体温偏低的我光看这数值就感到一阵头晕。

"莫不是昨天的艾蒿吃坏肚子了？肚子疼吗？"

"肚子倒是不疼……本来我也没吃，昨天最后什么也没找到。大概是在寒风中转悠后感冒了。"

我不想让别人知道我昨天凄惨的遭遇，赶紧随便找了个理由。小雪一脸歉意地说：

"这样啊，我感觉我有责任，要是不说那些奇怪的话就好了。你已经和主任说了吗？"

"嗯，主任告诉我不用逞强，可以回家。"

"那剩下的事情就交给我吧。注意身体，好好休息。"

我向体贴的小雪道谢，告诉部长我要早退，拖着无力的双腿离开公司。在电车里，我忍着不适垂下头，发现一只蚂蚁抓着我的风衣下摆。可能是我迷迷糊糊地行走时，下摆蹭到花坛什么的了吧。我用手指拂去蚂蚁，闭上眼睛尽力入睡。

我总算到家喝下药钻进被窝，但恶寒难消。在寒风中辛辛苦苦拾了垃圾，吃了难吃的东西，还感冒了，真是傻透了。我既没有煮粥的力气也没有食欲，但星期一之前一定要好起来，为此我要先好好睡觉。

躺在微暗的房间里，感觉就像在房间中漂浮。我的房间在公寓的一楼，所以回响着道路上的噪音，一有车开过，我就会清醒过来。在隐约传来的发动机声和交谈声中，我回想起乡下老家。

在那个家里我能听见从外面传来的树叶沙沙，虫鸣阵阵，在房间里的时候，也能感受到外部世界的强劲的力量，能感受到自己生活在除自己之外的众多生物的气息之中。这种在缝隙中默默生存的感觉非常舒适，吸入体内的空气融汇了其他生物的呼吸。怀着这般感受，儿时的我将内脏里变得温热的二氧化碳吐出，将自己的气息也静静地融入空气之中。入夜后，为了稍微缓解暑热我将窗户全开。即使有纱窗，但如果不在房间里一片漆黑的情况下开窗，就一定会从什么地方钻进小虫。纱窗外传来生物活动的微弱声响和树木拨动空气产生的震颤。

爷爷去世后，奶奶只来过一次埼玉的家。那时带她到东京观光，便驱车前往市区。妈妈和我眺望着车窗外久违的东京夜景，欢欣雀跃。奶奶看着我们，笑得眼角起了褶皱，父亲对奶奶说："这里和乡下差别很大吧？"奶奶笑道："没什么不一样的，不过是浪费了电，其他的也没什么不同。"

那时，奶奶那种"也没什么不同"的感觉，比自己的想法更正常，我也希望变成她那样。对于奶奶来说，石子路和柏油路也大同小异吧。

用汗津津的手臂推开被子，微微睁开眼睛，看到一只蚂蚁从随手丢在昏暗房间地板上的风衣下面爬出来。明明应该已经在电车中被拂去了，可能它紧紧抓住大衣里衬了吧。要是平时，我大概会因为觉得膈应而马上把它放到外面或一下捏死，但想起在乡下家中的榻榻米上经常有比这只大一圈儿的蚂蚁来回爬动，而我那时并不在意，于是我只是一动不动地看着蚂蚁的行动。在家里发现人类之外的生物，没有当机立断将其驱除，而是尝试共存——我已经多少年没有这样的经历了啊。在乡下，即使餐桌上跳来蚂蚱，大家也不为所动地继续吃饭。以前有种和大小不一的各色生命一同生活的感觉。可能来东京的奶奶清晰地感知到了那些在沥青马路上爬行的瘦弱昆虫的气息，以及街道旁树上被淹没于人工噪音而不为人知的虚弱虫鸣的气息吧。

从外面传来人声，但那是外语，我不懂是什么意思。过了一阵，听起来又像是动物的鸣叫声，那声音同那时通过破洞的纱窗感受到的夏夜的气息相重合。不知不觉，我进入了梦乡。

我在床上躺了整整两天，睁眼一看枕边的钟表，早上五点。推开温热的被子站起来，我已经退烧了，看来今天可以去上班了。

卧病在床的这段时间，除了摄入水分以外，我只吃了少量的果冻，没有正经吃饭。恢复食欲的我确认冰箱里除了冷冻米饭以外什么都没有，于是脱下被汗浸湿的睡衣换上运动服，打算去一趟便利店。突然感到小脚趾很痒，一看，原来是那只蚂蚁爬上了我的脚趾。想到它一直在我房间里徘徊，就不忍杀死它。我让蚂蚁爬上脚趾，然后走到门口，蹲下来用食指将它迅速掀翻。大概是本能地知道外面的方向，它径直朝门的方向行进，撞到门底边的缝隙便张牙舞爪，于是我帮它打开了大门。我莫名地想知道它的去向，便趿拉着凉鞋出了门。

蚂蚁在水泥地上敏捷地行走着。小时候，我经常这样追逐蚂蚁呢。当我想这些往事的时候，蚂蚁钻进了公寓和篱笆之间五十厘米左右的缝隙里。

缝隙间杂草丛生，散落着大概是从上方窗户丢落的烟蒂和空罐。我窥探其中，蚂蚁已经融入草丛之中不见踪影。不过，拨开那里挺拔的杂草时发现了两株叶片舒展的蒲公英，长得相当大。靠近我的那一株足足有二十厘米高，将近二十片叶子交叠着围绕在花朵周围。我弯腰俯身摸摸叶子，感受到其中充满了鲜嫩的水分。突然，强烈的空腹感席卷而来。

我当场跪下，抓住眼前蒲公英的根部，用尽全身力气想要将它连根拔起，但遇到了意想不到的阻力。我像和地面拔河一样使劲，结果绷紧的茎一下子断了，可以看到在稍稍裂开的土壤里藏着粗壮洁白的根叉，看来根深深地扎入了土壤的深处。

我把拽下的叶子塞入运动服的口袋里，继续俯身将上半身探入缝隙之中，抓住另一株靠里的蒲公英。虽然没有刚才那株那么大，不过也是很大的一株，根深蒂固。这次我小心翼翼地用双手刨开周围的土，缓缓地往上拔，以防用力过猛把它拽断。紧紧地拽了一会儿，突然周围的土裂开隆起，根如活蹦乱跳的鱼儿一般跃然而出。刨出的土坑中飘来泥土的味道，形似牛蒡的根长达二十厘米。看了看土坑，竟然还有根残留其中，飞溅的土壤之中有小虫爬出来到处徘徊。我提着带根的蒲公英返回房间，立刻开始清洗，加上放在口袋里的另一株蒲公英，叶子和花加起来大概占了大半个水盆的空间。装饰在排水池的蒲公英猛然映入眼帘，才刚刚过了五天应该还能吃，我把它也放入水盆。

我已饥饿难忍，用菜刀切好茎叶，和花一起放入滚水之中，滚水渐渐染成绿色，泛起一股煮豆子的豆香味。我忍不住拿筷子夹了一片尝尝，牙齿嚼烂茎时，一股微苦混着介于小松菜和油菜花之间的清淡绿叶菜的味道在口腔中蔓延。

我本来以为会是浓烈的重口味，所以多少有些失望。这不过是极为朴素的蔬菜味，微苦中带有醇香，倒是让人很容易接受。我把叶子从水盆中取出盛入盘中，想着：也得尝尝好不容易采摘回来的根。蒲公英的根形似牛蒡所以估计适合切丝用酱油翻炒,我麻利地将其切段,加足油翻炒。我把炒好的根放到另一个盘子中,和叶子一起摆上小矮桌。

煮过的叶子缩小了不少,显得量少,但旁边摆上解冻的白米饭,和平时的早餐相比已经相当奢侈了。

蒲公英的根经过反复翻炒,表面焦香四溢,中间略微发苦,不过比牛蒡味道柔和,花的味道清淡柔和容易接受。我还准备了酱油,但吃蒲公英时几乎没加调味料。窗外道路上站着人,外面传来他们说话的声音。虽然那是日本人在交谈,明明可以听懂,但我沉迷于品味新鲜采摘的绿叶,却一时无法理解他们对话的含义。那高亢的声音和低沉的声音混杂融合,已然不成语言,而仅仅是动物喉咙中发出的振动,默默地不停振动着窗户。

星期三,我的感冒痊愈了。午休时间,小雪来找我一起吃午饭,她看到我从椅子上站起来时手里拿着饭盒,便眯着眼睛问道:

"咦,今天不去便利店呀,自己做饭了?"

"嗯。"

我们和平时一样找了一间空会议室坐下后,小雪兴致勃勃地看着我的饭盒。她指着用保鲜膜包裹着的绿色炒菜问：

"这个不会真的是自己采摘的吧？"

"嗯，没找到艾蒿，不过找到好多蒲公英。"

"蒲公英？那东西能吃吗？"

"能呀，不是经常做成天妇罗吃吗？"

"没听说过……最好还是别吃了吧，这不就是杂草吗？"

我抬头看看小雪，小雪一脸担忧，就像看捡起掉在地上的东西吃的孩子一般。我想起自己之前对此也是这种想法，就微笑着点点头。

"……啊，也是，那我不吃了。"

我用保鲜膜把蒲公英重新包好，打算带回家再吃。

"这个是？"

那是放了车前草的鸡蛋卷，如果连这个都不能吃的话我午饭的配菜就差不多全没了，于是我赶紧搪塞道：

"这个是奶奶从乡下寄来的食物。"

小雪听了这话，放心地笑了。

"啊，这样啊。这个是自己种的吗？"

"不是，大概是奶奶在山里采的。"

"是嘛，还是这种食物好呀，在城市里想采也采不到。"

"嗯，是呢。"

我随便附和几句，开始吃鸡蛋卷。混在鸡蛋中的车前草带着浓郁的蔬菜味。那次之后，我多方调查，发现蒲公英最初本来就是作为蔬菜引进日本的，而且在国外的蔬菜店也会卖蒲公英。小雪对此一无所知，仅凭自己的主观偏见就表示拒绝，还认为如果是从乡下山里采摘的草就可以吃。我吃着菜，看着这样的小雪，觉得她有些地方很愚蠢。只要想认真生活，在哪里都可以。我觉得那个曾经以住在市区为借口，没有意识到这个真理的自己也很愚蠢。

我开始每天吃野生的蔬菜，傍晚时分饿肚子的时候最适合寻找野草。那天下班后，我又换上轻便的服装，外出寻找当晚的菜。比起在公司办公桌前敲击电脑键盘和计算器的时间，这才更像是真正意义上的劳动。

我之所以在公司附近而不是家附近寻找，是因为天色暗下来以后就难以分辨植物，效率降低，发现新的采摘场所的概率也会降低。

我心满意足地低头看着不知不觉被土弄脏的浅蓝色运动鞋。在此之前，我甚至忘了运动鞋和土壤很相称。人行道上走着西装笔挺但看起来呼吸不畅的男人们和精心打扮、衣着整洁的女人们。我在这样的人行道上，以饥饿的目光扫视四周。我学会这样动物般的行走方式之后，发现自己以前是把街道的情景都化为记号：从这里拐过去就是地铁站，这是人行道，餐饮店在那边等等。我曾经不加思考地遵循这些记号，而空腹扫视时，世界便卸下了记号的铠甲，呈现出原本的姿态。我的浅蓝色运动鞋超越了记号的意义，能跨过人行道踏入任何境地。

今天我打算主要吃春紫菀的叶子，为此我往商务区的儿童公园走去。这座公园大概已经被废弃了，几乎无人管理，所以生长着一片春紫菀。光是想着这些肚子就已经饿了，自然而然地加快了脚步。我将这片商务区何处生长着何物牢牢地记在脑海中，根据当日想吃的食物而变换行走路径已经成了我每日必做之事。

儿童公园中有春紫菀，而穿过一条大路对面的花坛里长着一小撮蒲公英。面朝大路的停车场深处有一个杂草丛生的缝隙，那里长着一点儿车前草，采摘的时候要注意不要摘太多。我琢磨着"今天吃春紫菀、明天吃荠菜"，向那边走去。

我依着某种预感，从那个平时不走的拐角拐过去朝公园行进，用目光扫视道路两旁，发现在老旧的砖砌花坛中，和花混杂生长着一片荠菜。我开心地蹲下拔草，大概是因为肚子饿了，今天第六感格外强烈。肚子越空，嗅觉就越灵敏。我沉迷于自己刚刚被发现的野生动物般的一面。家猫变成野猫的时候，也许也是这样的心情吧。这种感觉还很微弱，但已经确确实实地根植于自己体内了。

目的地儿童公园的长椅上坐着流浪汉，我看着他手里拿着打算卖掉的大量杂志，觉得自己比他们更像是野人，不禁笑了起来。我认为每天摄取适量的带着泥土的蔬菜是非常健康的，少量的三叶草加热了直接吃也没有问题，鱼腥草用水煮过腥味就没有了，用味噌拌着吃或者用油炒着吃都意外地没有怪味。我特别喜欢吃春紫菀炒培根，三天不吃一次就要产生戒断反应。蒲公英的根部可以切丝用酱油炒，不加调料炒也是香喷喷的。美味的新鲜蔬菜明明近在眼前，才不会产生特地去超市买打蔫儿叶子的念头呢。

提着装荠菜和春紫菀的袋子往地铁方向走，我边扫视周围边想着再采摘一种草做明天的早餐。

像这样像野人一样的行走的感受是：机器和建筑物摸上去也有温度，有的东西还会发出声音和振动，这种气息和蜷缩在森林中生命体散发的同出一辙。

感受到背后传来微弱的呻吟声，我回头一看，道路旁伫立着一台自动售货机。走近一摸，便感受到了售货机的体温。

我回味着从售货机中传来的低音和振动，心满意足地继续向前走。人行道上两条腿的动物来来往往，高亢的远吠和低沉的喉音起伏交错。那晚我发现，人类所发出的声音，与其说是语言，倒不如说是动物的鸣叫声。那之后，我就自然而然地能听到这种声音了。

道路两旁停着好几辆出租车，引擎的振动声像是多重声道的交响；旁边灰色液体凝固成的河川上，银色的方块吐出温热的气息漂过；高楼安静地伫立在道路两旁，体内各种器官运作着，内脏的热气摇曳，甚至微弱地传导到外部。我停下来，仿佛漂浮在灰色海洋中央，自远方来的巨大的银鱼搅动空气的声音渐近，摇动了我的表面，然后远去。

街上充满了各种各样的气息，这些空气的振动，的确和我在那个夏夜感受到的一模一样。

拨开眼前这生命的喧嚣，胃袋空空的我从这街道的缝隙中只摘取少许今日的食材。生物的气息一直蔓延到遥远的对岸，人所不能及。我也是这喧嚣的一部分，吞吐呼吸，来往奔走并搅动空气，生命的振动渗入街市之间。

偶然一瞥，发现办公大楼前树立的雕塑旁生长着些许三叶草。明天早上，放入煎蛋卷里吃吧。我开心地把脸贴在雕塑上，把手伸向一旁的草丛中，摘下叶子。

看着渐渐变重的塑料袋，闻着从中飘散出的绿色的气味，我正准备心满意足地离开，突发奇想开始用手抚摸自己挖出的土。

从土里传来湿气和温度。我一只手搭在雕塑上，全神贯注地体会为我栽培食物的大地的触感，大地孕育的营养流入这手掌之中，我用力将手掌按在土上。土壤从指间溢出，发黄的手掌沾染上褐色的土。这么看来，我的手也可以看作是一棵树，虽然和植物不同，我每天与大地分离，但我也是从大地中生长出来的。证据就是，在这街上采摘的植物遍布我身体的各个角落。我攥起在土中伸展生长的手指，手指和土壤混杂、融合，接着我又抬头凝视仿佛从自己身体里生长出的植物们。

那天，我下班回家，沿着往常的路径，边走边拿着塑料袋采摘今天吃的野草。我来到公园里采摘鱼腥草，看到有个孩子蹲坐在那儿。靠近一看，原来他在做一座墓。他的身旁躺着一只水蓝色的小鸟，旁边放着用塑料泡沫制成的墓碑。这个墓碑做得异常精致，上面用五颜六色的笔写上了鸟的名字，画上了鸟的样貌，用折纸做成的假花密密麻麻地贴满前前后后。孩子看起来老实敦厚，我握着鱼腥草向他搭话：

"你干什么呢？"

"我在建造一座坟墓。"

孩子回答后，继续专心致志地投入到制作当中。小鸟死去，为这样的记号吊唁，不知道奶奶会如何看待这样的事情。我想起了曾经对小雪提及的父亲吃掉老母鸡的事对着孩子的背影轻声细语道：

"反正都死了，不如吃了它。"

"啊？"

"烤小鸟可好吃了，姐姐我吃过。让它回归土壤虽好，但就算做了这个模仿人类坟墓的东西，小鸟也不懂其中的意义。与其这样，不如吃了它，这样小鸟才不会白活一场呀。"

我自认为提供了绝佳的建议，可那孩子突然表情扭曲，大哭起来。看见一个孩子母亲模样的女人从对面走过来，我赶紧站起来逃出公园。稍稍回头一看，孩子正抓着母亲的裙子抽抽搭搭地哭呢。

我并不明白自己为什么必须逃离，但我觉得那位母亲也一定会当我是个怪人。

不知不觉，我迷失方向误入了难以理解的境地。我可以断言自己是正常人，比任何人都健全。但是，同样正常的孩子哭泣着向自己的父母控诉我的异常。我握紧手中的鱼腥草叶匆匆行走。靠山吃山靠水吃水，靠城市而居的人靠吃城市为生是极其自然的事情，但如果我对孩子这么说，孩子只会哭得更加大声。

大家都没有发现，只要尝试一次，肉体中孕育的野性记忆就会苏醒，就会明白在城市中觅食，将混凝土缝隙里的大地与自己的肉体联结是多么自然的事情，然而大家连尝试都不愿意。我边走边吃起手里握着的鱼腥草。

我第一次没有去腥直接吃这种草，入口的瞬间泛起一股独特的气味和酸味。我把更多的叶子塞入口中，追求类似于芹菜的强烈味道。这种鲜活的味道令内脏颤抖，是躺在超市卖场里的蔬菜尸体所没有的。我咬住这城市的碎片，用唾液将其溶解，吞入腹中，自顾自地沿着灰色的人行道前进。

转天，我在会议室里打开自己的饭盒时，小雪看着饭盒，充满好奇地说：

"感觉你今天午饭很豪华呀。"

"嗯，最近又从乡下寄来了各种东西，我怕放坏了，早晨就做了好多。不嫌弃的话，你也吃点吧。"

"真的吗？那我也吃一点儿吧。"

"嗯，吃吧吃吧。这个应该是奶奶从乡下山里采摘的野草……"

我知道小雪很喜欢听我说乡下的话题，于是我一边讲述山里的风景、在草丛中行走时脚的感觉、城市里不得见的大虫子的故事，一边把菜夹到小雪的饭盒里。

"很好吃。"

"是吗？"

要在避免让她产生排异反应的基础上，将其吸纳到我方的"自然"之中。为此，我不能吓到她，而是要更重视对方以当下所持常识为基础而产生的感觉，就像爱抚一般抚摸她的共鸣，不动声色地、循序渐进地，将她诱导进我方的世界。我方的生理感觉应该已经充分渗透进了小雪体内，再多一点，再久一点，浸润她的身体直至满溢而出。

我品尝街道的行为开始具有了崭新的意义。浸润了她之后，再向什么人以什么话题开始为好呢？最初的爱抚定要谨慎行事，比如在一个和煦的春日，走出灰色的办公室时，不经意间在弥漫的夏日气息中感受到乡愁。以这样的话题做引子，将我方的生理感觉一点点地掺杂进去。那些话语就像唱诵的咒语一般，一点点地侵入对方的身体，一点点地使对方产生变化。

小雪吃了凉拌荠菜，眯着眼看着我。

"每次听理奈讲乡下的事情都会感到有些怀念，但是我明明没有什么乡下老家的记忆，真是奇妙。"

"嗯，有时候会这样，可能是刻在我们的基因里的。啊，对了，奶奶偶尔也会寄鸟肉过来。下次寄来，我也这样分你点儿。你知道吗，乡下老家呢……到小学毕业为止我家盂兰盆节临近时一家三口都会依照惯例开车去父亲的乡下老家住一个星期左右父亲的老家是长野县山中一个典型的乡村沿着狭窄的山路开很久才能抵达的老家玄关和儿童房差不多大我对与琦玉自己家风格迥异的古老宅子感到新奇每次到了那里就马上在家中跑来跑去到处探险拉门连接着一个个房间即便我在这宽敞的家中迷路或因突然闯进大人们休息的起居室而被呵斥我也会在被大人们放走后马上又冲出去打开拉门继续在房间里来回跑结束在家里的探险后接下来我就在外面尽情玩耍到了吃晚饭的时间肚子饿了……"

我絮絮念着这些柔情的语句。这些记忆渐渐潜入小雪的身体，在内脏中蠕动，总有一天会遍布全身。小雪会一点点丧失现有的生理感觉，最后会发生之前发生在我身上那样美妙的变化，和我一样，在充满生命躁动的世界中一同开始健全的生活。

seimei-shiki

(孵化)

"晴香，想好婚礼邀请哪些朋友了吗？"

将司问道。我慢吞吞地回答："啊，抱歉，我收到答复就没再管。"

"我说你啊，这种事儿得认真回信。人家都是特地来参加的。名单也赶紧做好。总是磨磨蹭蹭。"

"抱歉抱歉。"

"唉，算了，我可能就看上了你这种不受外界影响优哉游哉的性格吧。"

"对的哟。"

将司一副真拿你没辙的样子，不过倒也没有生气。将司已经习惯了我这种不着调的样子，而且他本来性格就阳光开朗，不拘小节。从我俩认识开始他就一直这样。将司头脑有点简单，不过性格爽朗、活力十足，我们俩都粗枝大叶所以情投意合。

"啊，对了对了。来宾致辞你打算怎么办？我拜托给领导和朋友，你呢？"

"啊，嗯……我打算请亚纪致辞。"

"啊，亚纪是你老家的朋友吧？是个不错的人选。"

将司点头的瞬间，我放在沙发上的智能手机铃声响起了。一看屏幕，是老家的朋友来的短信。

"班长，下次午餐会要庆祝美保升职，我们要准备点什么特别的东西吗？"

我平躺在地板上，迅速回复：

"嗯，已经订了花，买了美保想要的手帐护封，还选了定制服务，印上了她名字的缩写，应该能赶上午餐会。"

发送后，那边立刻来了回信：

"真不愧是班长！太可靠了！从小看到大。将司和你结婚真是生活轻松，什么事情你都做得干净利落。"

刚要回信，大学时代同一个社团的朋友莉香发来短信：

"小公主，下周聚餐给你庆祝就定在这儿了。"

我立刻回复：

"谢谢莉香～♡♡♡"

"听说小公主要结婚了，学长们一片骚动。小公主真是我们社团名副其实的公主大人呀。"

"哪有。我不玩SNS，都麻烦你帮忙联络不好意思啦（；о；）"

"那倒没事。为什么不玩呢？大家都在玩。"

"我注册过一次，但搞不太明白（*>_<*）"

和莉香发短信的时候，学生时代一起打工的朋友、高中同学、公司同事都陆续发来短信。我立刻小心谨慎地回复，以免搞混回信的对象。

"我不太喜欢参加饭局。不好意思，能不能传达一下我要缺席。"

"真的假的，厉害！照片发来，我跟冈本嘚瑟嘚瑟。"

"人家想要大学时代的照片啦～找了半天也没找到（*;▽;）我想放在婚礼影像里用。"

"下次午餐会，除了礼物以外我还准备了蛋糕，想给她一个惊喜。我打算早点去帮忙，能早来的也帮个忙吧。"

"诶，真的吗？我完全不知情。下次要不送个花吧。"

我专心致志地回短信，不觉间将司洗完澡从浴室出来，边用毛巾擦头发边坐在了沙发上。

"晴香，你又存了一堆短信没回，是吧？完全拿你没辙，真是呆头呆脑的。"

"是吗？"

"可不，我整天在你身边，说的还能有假。"

将司斩钉截铁地说着，开始用吹风机吹干头发。

"是吗～也是哦。"

我嘿嘿憨笑,将司也跟着嘴角上扬。

大概在上大学后不久,我发现自己没有性格。

小时候,我是听大人话的优等生,别人都叫我"班长"。我学习好,也确实经常被任命为班长,我坚信那就是我与生俱来的素质和个性。

初中毕业后,进入的高中没有一个原来的初中同学。上第一节课的时候,旁边棕色头发的女孩看着我桌子上的课本和笔记本,对我说:

"哎呀,瞧你!课本上居然工工整整地写了名字!笔记本上也是!"

我不过是按照开学典礼上发的手册上的要求做了而已,没想到反而被取笑,但我也跟着笑了笑。

看到我表情放松,女孩和我更加亲近,也放松了许多。我们脸上的肌肉相互呼应着活动,这样我也顺势让面部表情更加放松,于是女孩把手伸进我的书桌问:"我能看看其他的课本吗?"

"哇,她在所有书上都写了名字!太搞笑了!"

女孩把我写有字迹工整的名字的笔记本给周围的同学看,大家看着我憨笑的表情,将其理解为"笑笑也无妨",心安理得地应和着取笑我,哄堂大笑。

想要进一步迎合大家期望的那一刻，从我嘴里飞出了一种听起来有些"缺根筋"的声调。

"哎呀，老师不是说了吗～我还以为大家都这么做了呢！"

我装傻充愣的说话方式又引起了大家的哄笑。

"她可真是个天然呆，简直就是缺心眼儿！笑死了。"

"哪有，人家才不是天然呆呢～"

我自己也觉得这种说话方式莫名其妙，但看到女孩子们的笑容，便立刻开始表演她们想象中的"我"。

棕色头发的女孩看来很喜欢我，她问：

"你呀，可真有意思，你叫什么？"

"高桥晴香～"

我就像和她们合奏一样，"迎合"她们的反应，用缺根筋的声调报上了自己的名字。

那天，我变成了一个"天然呆、有点儿缺心眼儿"的女孩，被称为"班长"的初中时代逝去了，不知不觉，我被大家亲切地称为"晴傻"。

"我的天，晴傻可真是个天然呆啊！"

令人不可思议的是，即便我做出和"班长"时期完全相同的行为，大家也会逗我、宠着我，摸摸我的头，或是轻推我一下。

"晴傻是找不到男朋友的,实在是太呆了!"

"啊,不要呀~"

成为"晴傻"以后,我的说法方式就变了,但是这和"班长"时期在本质上并无二致。那并不是我在说话,只不过是自动给出了大家所期望的反应而已。我渐渐习惯了做"晴傻","晴傻"总说傻话、做傻事,深受同学们的喜爱。

不久之后迎来高考,我考上的大学没有一个原来的高中同学。"晴傻,没有我们你自己能行吗?""我担心你啊,晴傻实在是太天然呆了。"朋友们全都替我担心。

我听从大家的建议——在大学最好参加社团结交些朋友,于是加入了电影鉴赏社。这个社团的活动就是边吃喝边举行电影鉴赏会,或是总结感想制作成小册子,我感觉缺心眼儿的自己也能搞定。

"你好,我叫高桥晴香。你也是大一的学生吗?"

我向明显是高年级学生的人行礼。对方说着"我怎么看也不是一年级吧",敲了敲我的头。大家都笑了。作为"晴傻",这番举动堪称完美。

"不是吧,怎么可能呢。"

"莫不是个天然呆?"

如我所料,笑声蔓延开来。就在我觉得在这里也能顺利演好"晴傻"的时候,一个英气凛然的声音响起:

"天然呆吗？我可喜欢这种呆萌呆萌的孩子了。"

原来是美貌鹤立鸡群的蕾娜学姐。在她如此宣言之后，其他的女孩子也开始七嘴八舌地说道："真的很天然呆呢。""可爱～"一瞬之间，与对待"晴傻"不同的反应如化学变化一般在人群中扩散开。

"我也最喜欢像学姐这样的美女了～"我瞬间察觉到现场的气氛，边说边抱住蕾娜学姐。

"好啦好啦。"蕾娜学姐摸摸我的头说道。一个学长用开玩笑的语气搭腔道：

"哇，这种类型是我的菜，快把电子邮箱告诉我～"

我正琢磨该如何回应这种半开玩笑的调调，抚摸着我头发的蕾娜学姐严肃地说：

"我说板谷，不要随便搭讪。小晴香太危险了，这个社团的男人都是些轻佻的家伙，不过我会保护你的。"

"好～"

我精神饱满地回答。听到我迎合场面所说的这些话，大家也编织出相应的语句。

"好过分啊，小晴香。"

"小晴香有男朋友吗？没有的话我们也有机会。"

"下次和我约会吧。"

发展至此，我什么都不用说，新的人设也逐渐形成了。

学长们没话找话、勾搭我的时候，蕾娜学姐就会招呼我过去："小晴香，那边危险，到这边来。"这已经成了社团里的固定节目，酒席、BBQ、每个活动的日子，这种场景都要反复出现多次。

不知不觉，我在社团里被人称作了"小公主"。

我的样貌和被叫作"晴傻"的时候并无变化，我也知道学长们想要勾搭的其实是美貌的蕾娜学姐。但是为了能符合大家对于我这个"人设"的期待，我的穿着也一点点儿由"晴傻"向符合"小公主"人设的样子靠拢。

我之前着装不拘小节，穿不显腰身的宽松裤装体现"晴傻"缺心眼儿的人设，但"小公主"则要换上粉色或白色的带蕾丝边的连衣裙。我全然没有"自己想要这样穿"的感觉，只是奉社团里创造出的"人设"的命令而穿上了这样的服装。

我开始在可以穿可爱工作服的、符合"小公主"人设的大众餐厅里打工。

"那么，高桥，你和其他人一起把这些都搬到仓库里吧。"

"好！"

我穿着洁白的围裙工作服，精神饱满地回答道。

我加入了分工搬运供货商运送来的蔬菜和冷冻食品等

食材的队伍，想要搬起看起来最重的鲜啤罐。

这是扮演"小公主"人设留下的习惯，BBQ也好，社团里的工作也好，我都会先去做最重的活。这样，学长就会过来说："小公主，我来帮你。"然后又开玩笑说："所以告诉我你的电子邮箱嘛～"这时，蕾娜学姐和其他女孩子就会说着"别这样，你对小公主下手小心学姐发怒哦""小公主快到这边来，一起准备蔬菜吧"，把我拉走。一直以来都是这种套路，所以我就习惯性地伸手去搬鲜啤罐了。

"哇哦！你要搬这个死沉的东西吗？！"

听到声音回头一看，是一个和我差不多年纪的打工的男生。

"你这家伙是认真的吗？这么沉，一个女人能搞定吗？"

由于我感受到在这些语句中隐约包含着对某种"人设"的期待，于是我用胳膊使劲儿搬起了啤酒罐。

"真的搬起来了！太牛了！"

我用男孩子气的腔调对男生放话："就这，不算啥。"

"高桥太帅了！"

"外表挺淑女的，真没想到。"

此时，我再一次"迎合"道：

"就这，根本不算啥。"

"真的假的，你就是个爷们儿吧？"

"废话真多，你也给我搬那边的纸箱去。"我毫不在意地接下褐色头发的男生的话，把啤酒搬到了仓库里。

从那时起，我在打工的地方被称作"晴雄"，被当作"女汉子"对待。

"人设"在打工的同事中逐步升级，"晴雄"不只语气粗野，行为也逐渐粗暴起来。在只有打工没有课的时候，我的服装也改为简单的衬衫加牛仔裤这种假小子风格。

"晴雄，你去厨房吧。那边适合你，这身工作服和你太不搭了。"

"少废话。啊，工作餐我要吃这个。"

"哇哦，牛排盖饭啊！大早晨就吃这种东西，你真的是女的吗？"

我笑着轻踢了一下男生。

"疼疼疼，晴雄踢人可真疼啊！"

男生笑了，厨房的同事都笑了。我越是表现得像个"女汉子"，就越获得大家的喜爱。

这时，我已经充分意识到了——

我没有性格。

我在某个集体中，为了获得喜爱而挑选特定的语句、发出特定的讯息，只是为了适应那个场合而"迎合"大家。我如同机器人一样，只会如此运行。

在社团里和打工的地方，我都很受欢迎。久违的回到家乡时，我就化身为"班长"，和高中同学聚会时我就化身为"晴傻"。无论人设如何增加，这四个"自己"都毫不冲突，毕竟我只不过是一台为了在集体中获得喜爱而做出反应的机器而已。

通过"迎合"获得喜爱和褒奖的部分不断发展，而被别人说"那样可不像〇〇的样子"的部分就会萎缩。我的"轮廓"并不属于我自己。

但是，这不是我独有的特质，稍加注意，就会发现很多时候人们不过就是在"迎合"当下的情景而已。我们在集体之中反复"迎合"，我们给自己赋予一个"人设"，并臣服于那个"人设"。我觉得无论在谁身上都不存在"真正的自我"。

机器人和自己的不同之处不过是——我想要获得喜爱，想要融入集体。这并不是因为渴望被喜爱，而是出于现实的原因：在集体中获得喜爱便可以融入集体，从而获得很多便利。人类从石器时代开始过集体生活，巧妙地获得喜爱并融入集体可以保护自己，让人生好过一点。我的动机仅此而已。

某个星期天，我在打工的时候，蕾娜学姐来到我打工的地方。

"哎呀，小公主在这里打工吗？"

我一时不知道该用哪边的"人设"和她讲话，但迎合眼前的蕾娜学姐，我用"小公主"的口吻脱口而出："是滴呀～"

"工作服很适合你呢，要是社团那些家伙知道了，肯定会蜂拥而来。"

"哇～不要和其他人讲嘛～我还没习惯，怪不好意思的……"

学姐心领神会，频频点头。

"社团里那些傻直男们来的话，多给你添堵啊。我绝对不会说的，放心吧，我会保护我们的小公主的。"

蕾娜学姐点了咖啡和红茶果冻甜品。我回到吧台里做甜品时，一起打工的男生对我说：

"晴雄，那个美女是谁？你们认识？"

"社团的学姐。"

"真的假的，和你完全不同。哇，你赶紧介绍给我啊！"

"少废话！快滚到外面扫地。"

习惯性地朝着男生小腿轻踹一脚，男生面对我这"晴雄"式的反应，笑着出去了。

我猛地从吧台朝蕾娜学姐望去，学姐没看这边。我松了一口气，把甜品和咖啡端到学姐的座位。

"谢谢。"

学姐说，但没有看我。

结账的时候，学姐对负责收银的我说：

"小公主原来是双重人格啊。"

我不明所以，拿着零钱呆若木鸡。学姐从我手心取走找零，离开了餐厅。

从那以后，我去社团时蕾娜学姐也不再理会我了。

"那孩子表里不一。"

同样是一年级的社团同伴告诉我，学姐这么说我。

"肯定是因为她嫉妒我们小公主。蕾娜学姐在小公主来之前可是社团里的女神，但现在大家都疼爱小公主，所以她嫉妒了。"

社团里的女孩子们这样安慰我，但是我知道事情并非如此。

我只是在不同的集体中表现出不同的"人设"，但学姐却认为这是伪装自我的卑鄙行为。

或许只有我才这样在不同集体中转换"人设"吧。面对蕾娜学姐冷淡的态度，我突然感到羞愧难当。蕾娜学姐渐渐疏远了社团，而我则戴着分裂的"人设"假面留了下来。

大学毕业工作后，我决定不再"迎合"。

我在一家租赁工地脚架所需资材的公司工作，可能是因为总公司在大阪吧，公司里充满了家庭氛围，经常聚餐。但是我不怎么参加，午饭也一个人吃，除了事务方面的联络以外也不怎么讲话。

不知不觉间，我在公司被称为"神秘的高桥"。我问起缘由，年长的女同事笑着拍拍我的后背说："因为你高冷，是个独行侠，很有神秘感啊。这是在夸你呢。"

原来，即便什么都不做也还是会被安上一个"人设"啊，我感到费解。

公司里的人大多外向开朗，所以"神秘的高桥"的高冷和神秘反而受到了大家的欢迎。上司对我说"神秘的高桥小姐，下次聚餐你也来呀"的时候，我不自觉地就迎合大家的期望，回答："不了，我有事。"工作的时候，我佩戴防蓝光眼镜，选的眼镜也是银边镜框的高冷风格，整个人逐渐化身为"神秘的高桥"。

"人设"一旦形成，除非所在的集体消亡，否则"人设"就不会消失。和老家的朋友见面时，我就是"班长"；和高中的朋友见面时，我就是"晴傻"；和大学社团的伙伴许久不见后聚会时，我就是"小公主"；大学时打工的伙伴发来短信时，我就是"晴雄"；和公司同事说话时，我就是"神秘的高桥"：我在人生中同时扮演着五种"人设"。

我的男朋友将司并不知道这些。高中同学觉得"晴傻也差不多该找个好人家了",就把他介绍给了我,所以我一直扮演着"晴傻"和他接触。

将司是个性格开朗、表里如一的好青年。不过,真实的他真的如我所见吗?难道他不会在公司里被当作阴沉古板的人,在老家则是"王子人设",和我一样分场合使用着复数的"人设"吗?

我没有和将司说过其他四个"自己"的事情,将司一直相信我是那个有点儿缺心眼、好相处的"晴傻"。

"我可以在婚礼上致辞,这个也只有我能做了。"

转天早上,我看到亚纪发来的短信回复,松了一口气。

"那,下周末我去你家道谢,然后我们商量一下细节,方便吗?"

"'班长',不用见外。我准备了蛋糕,到时候你空手来就好,差不多用'晴傻'那种感觉来就行。"

我读了亚纪的回信,回道:"哇~太好了!谢谢!"发送了添加了"晴傻"式表情符号。

亚纪是我从小学时代一直玩儿到大的朋友,并且是唯一一个知道我有五个"人设"的人。

蕾娜学姐离开社团一段时间之后,老家的朋友亚纪碰巧来我打工的地方打工,那时我觉得已经瞒不住了。

亚纪也会指责我"双重人格""表里不一"吧。但是亚纪在大众餐馆看到我用男人的口吻说话时,只是说:

"哦,感觉班长性格变了呢。"

彼此的大学离得很近,又是老乡,所以打工结束后和亚纪一起回家的机会增多。那时,我鼓起勇气对她和盘托出。

"其实呢,亚纪,打工的时候,我是'女汉子'的我。"

"哦哦,嗯,吓我一跳。不过,我们性格变得和小学时不同也不奇怪。"亚纪笑着说。

我严肃地说:

"那个,还有呢。"

"还有……"

"那些并不是全部,还有其他的我。"

和亚纪单独相处时,我自然而然地用"班长"的方式说话。

亚纪有些吃惊,但立刻爆笑起来。

"我说班长,你又不是杰基尔和海德①。班长你都上大学了,还不懂这里面的道理吗?对于人类来说,为了适应

---

① 19世纪英国作家罗伯特·斯蒂文森小说《化身博工》中的人物。小说中,杰基尔医生服药后,从自己的人格中分离纯邪恶的自己,名为"海德"。杰基尔和海德是文学史上非常著名的双重人格形象。

周围的环境而准备好几副假面是稀松平常的事情。"

"不过，我可能不太正常。不管怎么说，假面的形状会如此天差地别吗？假面之中空无一物也很平常吗？从大家的行为来看还是能察觉到假面的后面存在着一个'真实的自己'啊。"

见我如此严肃，亚纪也板起脸沉思起来。

"嗯……班长你是不是想得太认真了？不过，这么较真正是班长的'本性'。我也不是心理学专业的，所以也说不清楚。"

"要不要来看看？我想让你见见其他的'我'。"

"行……"

我带着亚纪去参加了社团的聚餐。

进入居酒屋单间的一瞬间，我就用与平时完全不同的声调喊道：

"不好意思我迟到了～这是亚纪～是我的闺蜜哟♡"

亚纪看起来非常吃惊。

"小公主，你可来了。学长们说，小公主不来就不干杯，可烦人了。"

"小公主的朋友？哇～美女啊！来这边坐！"

我一把抓住亚纪的胳膊。

"好呀～亚纪我们过去。"

我和满脸困惑的亚纪坐在一起，依偎在她身边。

我自己也不太清楚为什么要做出这样的举动，但"小公主"的言行已经开始在我体内自动运行，自顾自地配合别人的言行做出反应。

聚餐结束后回家的途中，我回绝了说"我送你回去"的学长，和亚纪一起坐末班车回家。

"……你怎么了？"

"哎呀，吓到我了。"

"果然如此，我是不是哪里有问题啊。"

亚纪靠在车厢扶手上若有所思，过了一会儿说：

"嗯……确实是吓到我了，不过我又觉得，人归根结底就是这样的生物吧。"

"啊！"

我整个人扑上去抱住亚纪。

"你这么觉得吗？！"

"嗯……聚会的时候我一边观察班长一边思考，不管怎么说，你的情况也太极端了。不过见识了今天的班长之后，我意识到：如果把'在这个空间里顺畅地交流'视作最重要的事情，那么人也许可以转变成任何样子。"

"是呢……"

"班长，你从前就是个会为班级和谐而操心费神的孩子，就算别人叫你'小公主'，也完全没有产生想要被追捧谈恋爱的想法，只是在应付眼前的事情。怎么说呢，对了，就像 Parpo。"

"Parpo……"

"诶，你不知道吗？老家车站前就有呢，最近到处都是这种对话机器人。不过，它们只会简单地打招呼，或是对单词做出反应，完全没有和人对话的感觉，所以很快就无人问津了。前些时候流行过呢。"

"原来如此。"

我不由得表示理解。

"我也许就和 Parpo 一样吧，也许我就是来自未来的性能更好的机器人。"

我喝多了桑格利亚酒，有些飘飘然，含含糊糊地念叨。

亚纪笑了，搂住我的头靠在她肩膀上说：

"班长已经喝醉了，睡吧。"

"嗯……"

"现在说话的是班长、小公主，还是晴雄？"

"……不清楚……"

"是吗，本人也不清楚吗？"

"我只是'迎合'而已嘛。根据对方认为我是谁来决定一切，所以决定我是谁的不是我自己。"

听了我的话，亚纪轻轻吸了一口气，我听到了她呼吸的声音。

电车朝着养育"班长"的老家行进，窗外一片幽暗。我闭着眼睛舒服地随着车体摇摇晃晃，电车从"小公主"生活过的地方向"班长"生存过的地方前进。

周末，我提着樱桃来到亚纪住的公寓，亚纪无可奈何地笑道："这位是班长吧，我都说了不用客气。"

我们把樱桃和亚纪准备的蛋糕摆在桌上，亚纪端来红茶开启了话题：

"那么晴香，怎么办？婚礼上分别认识'班长''晴傻''小公主''晴雄'和'神秘的高桥'的人要齐聚一堂，你打算以哪个'人设'举行婚礼？"

"问题就在这里。"

和亚纪单独相处时，我以"班长"的人设为基调和她讲话。面对唉声叹气的我，亚纪一副无奈的样子。

"致辞的话还能糊弄一下……但挨桌敬酒的时候，难道要挨桌变换人设吗？那样也太惊悚了。"

"所以本想只请家里亲戚算了，可将司完全不听我的，他朋友众多，一定要办婚礼，婚礼结束后还要再聚会。"

"唉，既然决定了那也没办法。"

"一般人会怎么办呢？虽然没到我这种程度，但是亚纪不也说，人的性格会不停改变吗？通常是以什么时期的'自己'来举行婚礼的呢？"

亚纪小时候是"成熟的女孩子"，大学时是"好强难相处的可怕女人"，在现在的公司里则转变为"治愈系小姐姐"。虽然没到我这个程度，可是大家的"人设"不是都在不停地变化吗？然而，大家到底都是怎么举办婚礼，怎么在 SNS 上展示自己的呢？

"配合有对象时的那个自己，或者配合人数最多的那个集体……我想对于那个人来说，那就是'最真实的自己'吧。"

我叹了口气，大家为什么可以如此简单就"统一"了自己呢？

被原来社团的朋友催着开始玩 SNS 时也是这样，在这个小时候的朋友、高中时候的朋友、同社团的朋友、现在公司的同事全都能从网上搜索到我的名字、看到我的地方，我不知道到底该写些什么才好。

我甚至不知道应该用什么头像才好。如果用"小公主"喜欢的可爱彩色马卡龙做头像的话，认为我是"晴雄"的人会感到违和，贴合"神秘的高桥"的深海鱼头像又会让了解"晴傻"的朋友感到可疑。

看看大家的主页，他们天真地发布着"做了哪些菜、去了哪些地方"等等内容。这些人做这些事情时,选择了哪一个"人设"呢?我心生恐惧,立刻注销了账户。

"在我眼里,大家才有毛病呢。"

我脱口而出,亚纪脸上浮出一丝苦笑。

"大家在网络上会换上自己想成为的'人设'吧。想让周围人认为自己是什么样的人的话,先得有一个理想中的形象,再去贴合这个理想,在 SNS 上也是如此。"

"总之,我要问问将司。配合将司作为'晴傻'参加婚礼倒也可以,虽然这样肯定要引起另一些人的议论……与其被认为是双重人格,不如一开始就说清楚。"

听了我的话,亚纪一脸不安地点点头。

"嗯,这样当然最好不过……"

"将司是个单纯善良的人,应该可以理解的。"

听了我的话,亚纪微笑着点点头。

"对了,这是我送你的新婚贺礼。你俩都喜欢喝红酒,对吧?我选了你之前一直想要的那个,喝葡萄起泡酒用的酒杯。"

"啊,谢谢你这么用心。谢啦,好开心。"

喜欢喝葡萄起泡酒的是"晴傻","晴雄"喜欢喝啤酒,"小公主"大多时候喝桑格利亚红酒,"班长"经常担任组织者所以喝乌龙茶,即使喝酒也只喝一杯碳酸水柠檬烧酒,

"神秘的高桥"喝只加冰块的烧酒和威士忌。

明明肉体没有变化,但根据"人设"不同,酒量也变得不同。在将司面前我是"晴傻",所以我明白亚纪是替我着想才选了这种酒。

"谢谢。"

我接过酒表示感谢,亚纪稍稍纠结了一下小声对我说:

"其实,我还有另外一份礼物想送给你。"

"啊,真不好意思,让你这么破费。"

我以"班长"式的一本正经的态度客气道。亚纪笑道:

"一直没有交给你,其实这是我早就想送你的一样东西。这是个不用花钱的礼物,所以放心吧。"

"我说,你怎么今天也这么懒散啊,要是闲着就赶紧开始张罗婚礼的事啊,真是拿你没辙!"

周末,我在客厅无所事事的时候,将司对我说。

"的确,正式开始准备还有些早,但大家不都说,选婚纱和发请帖要趁早嘛。"

听将司这么说,我下定了决心。我去卧室,从书架上取出一个文件夹,回到客厅坐在饭桌前。

"在此之前,我想让将司挑选一样东西。"

"什么?婚礼会场的人说了什么吗?"

"目前有五种'我',我自己无法抉择,所以想让将司帮我选出来哪个好。"

将司似乎完全听不懂我在说什么。

"我左思右想,觉得可能用婚纱来说明比较容易理解。简单明了地说,就是不同的我选择了不同的婚纱。这个蓬松的婚纱是'晴傻'选的。'晴雄'的话,这个裤子样式的婚纱绝对更合适,'小公主'应该穿这件大量使用蕾丝的少女风婚纱,而'班长'是这种中规中矩的婚纱,'神秘的高桥'的话可以选这件复古风的婚纱。我说,你觉得哪个'我'更好?"

"你在说什么呢?"

平躺在沙发上的将司皱着眉头起身。

"将司要以哪个'将司'出席婚礼?将司也不止一种吧?我也可以配合那个将司。总之,只要选好用哪个'我',剩下的全都好决定。请帖的设计、捧花的颜色、戒指的样式、桌布的色调、蛋糕的形状、赠品的内容就全部清楚了。只要定好'人设',所有事情都水到渠成。所以,将司只要决定选择哪个'我'就好,剩下的全交给我。"

"你没毛病吧,晴香。说真的,到底发生了什么?"

将司完全跟不上我说的内容,于是我像对亚纪那样,从头详尽地向他说明了自己拥有的五种"人设"。

"光说还是不好理解,那我演给你看。本来只在各个集体中才会存在,不过这次为了将司特地都演出来。'那谁,将司,你他妈的喝了冰箱里的啤酒吧?那个老贵了,你找死吗?'——这个是晴雄。啊,吓到你了吗?也是,说话声调和方式完全不同呢。'将司~剪刀在你那里吗?我的不知道放在哪里去了呢,剪不了衣服的标签呢~人家难得买了件可爱的连衣裙呢~'——这个,是小公主。亚纪经常模仿小公主,好像这个最容易模仿。'将司,你又把指甲刀放在哪里了?我不是说了要在这里放好吗?共同生活就要规规矩矩。'——这是班长。将司有的时候邋邋遢遢的,或许这样讲规矩的人更合适。'我正在看书,麻烦你别和我说话好吗?'——这是神秘的高桥。和哪个人设一起生活更轻松呢?我哪个都可以,所以交给将司选择,我想以结婚为契机,让自己'统一'成一个人设。"

将司面色铁青地望着我,于是我化身"班长",用更加简单易懂的方式细心讲解。

"我们想象一下,今后邀请朋友来新家做客,召集友人BBQ的机会会增多,对吧?结婚不是搞定婚礼就万事大吉的事情,所以,我必须把'我'统一。即便说,为了迎合集体而带上假面理所应当,但要是人格南辕北辙的话,大家还是会心生不安。你能明白我的意思吗?"

"不明白！你是谁？！晴香才不那么说话！"

"小公主"温柔地安慰情绪激动的将司：

"将司你没事吧？不怕，不怕，冷静下来，放心吧。晴香虽然有点儿极端，但人都这样的呀～是不是？啊，我去沏一杯暖暖的红茶吧？喝了红茶，将司情绪也会平静下来的吧～"

我用手抚摸将司的后背，将司急忙推开我的手躲开了。

"你到底是谁！我被骗了……我一直被蒙在鼓里，你根本不是真正的你！"

"你是不是有点太激动了？你也有这一面吧？你面对父母的时候、在公司的时候，以及面对我的时候，也是在用不同的'我'说话的吧。别人问，你哪个是'真正的将司'的话，你也答不上来的，不是吗？"

"神秘的高桥"指出问题，将司站起来逃到房间角落。

"逃什么逃，我全都告诉你了，不要逃避真相。你换个角度想想，哪里还有我这样掏心掏肺到这个程度的家伙？别不想听！"

将司听了"晴雄"的话后情绪激动起来。

"吵死了吵死了吵死了！闭嘴吧！我快疯了！"

将司撞开我，把自己关进卧室。无论"谁"在门口和他说话，他都不出来。

我死心了，平躺在客厅的沙发上，躺着伸出手去拿"晴傻"丢在客厅里的书包。

不到万不得已我本不想用的，但亚纪给我的"新婚贺礼"真的要派上用场了。我叹了口气，从书包里取出一张纸。

"给，这个你先拿着。"

那天，亚纪递给我一页简历。

"这是什么？"

"这是第六个晴香，我创造的。"

简历上贴着某个陌生人的照片，详尽地记载着她迄今为止的人生、兴趣爱好等等。

"这是谁？"

"这是备用的晴香，遇到麻烦的时候用的。"

"备用的'我'……"

亚纪表情严肃地低声说：

"如果晴香要在婚礼上统一自己，我觉得大家其实更想要看到你的'本性'。如果迄今为止的晴香都是假的，那么就给我们看看你的'本性'吧。但是，晴香并没有什么'本性'，对吧？而这个晴香就是为这种时候准备的。只要你成为'第六个你'，就会被大家重新接受了。"

"这样啊……有了这个，像大学时的蕾娜学姐那样的人也能接受我吗？"

"应该可以。今后不同集体的人也有可能会见面，那个时候就用这个，这就是我的新婚贺礼，当然红酒杯也是用心挑选的哦。"

"嗯……这个'晴香'是个什么样的人？"我问亚纪。

这份简历写得太过详细，让我觉得与其读不如直接问效率高。

"在我的设定里她很肮脏。"

"肮脏？"

"因为人都相信肮脏。"

亚纪露出略带嘲讽的微笑，优雅地盘腿而坐。

"人啊，比起纯净之物，在看到肮脏之物时反而会大声叫嚣：'这是真实的！''这才是真相！'进而自顾自地幻想，捏造出烂俗的故事，然后让自己认同，得以安心。"

"为什么？"

"很难说清。不过，说了漂亮话之后再口吐恶言，人们几乎都会嚷嚷：'这才说了真话。'如果顺序颠倒的话人们却会嚷嚷：'别说谎，你这个伪善之人。'大概因为这种组合最令人安心吧，如果本质是纯净的东西，反而会让人不放心。"

"真奇怪。"

我脱口而出。

亚纪拍拍我的头：

"用不到最好，所以这是备用呀。这是以防万一的护身符，你拿着以备不时之需。"

"谢谢你，亚纪。"

我收到杯子固然开心，但亚纪这份竭力理解我的心意更是无比难得，弥足珍贵。

"礼物你带回家和将司一起享用，我们现在要不要也干个杯？"

"嗯！"

我们在简历面前干杯。

"'班长'，新婚快乐！"

"谢谢，我一定好好珍惜亚纪的礼物，为'第六个我'干杯！"

听了我的话，亚纪"扑哧"一声笑了，我们的笑声和杯子的撞击声在房间内重叠回响。

转天，睡在沙发的我被将司的脚步声吵醒。

"早。"

将司有些不知所措，说了声"不好意思霸占了卧室"，然后就躲着我的视线，逃进了厨房。

"吃早饭之前，我有话跟你说。"

"什么话……"

"以前一直在骗你，对不起。我要坦白我的'本性'。"

听了我的话，将司睁大了双眼。

"我其实是个非常丑陋的女人。我诅咒这个世界，憎恨这个世界，我将这样的自己伪装起来生存。其实我一直以来都嫉妒你，我憎恶健全的世界，我是个像怪物一样的女人。"

将司面对我的发言瞠目结舌，我淡然地继续坦白虚构的自己。

"从小我就为了被爱而伪装自己，对爱的饥渴不知不觉就杀死了'真实的自己'。在任何人面前都扮演虚构的自己以获得爱，但是，在我的内心深处，儿时的自己一直在哭泣。

"此后，我就开始憎恶这个世界。为了获得好感而行动，被'想杀掉那些人生幸福之人'的妄念所支配。我嫉妒闺蜜亚纪只要'做自己'就能被喜爱，还曾经把她的室内鞋藏起来。我就是嫉妒。我憎恶那些被喜爱的幸福之人，就算知道谁都没有错，也无法抑制住自己的怨念。

"遇到将司的时候，我想着：这个人正是我的目标。你开朗活泼，全世界都喜欢你。我想要把你搞到手来报复全世界，可是我难掩嫉妒之情啊。之前我不是做了特别辣的汤吗？就是憎恨驱使我把汤做成了那样。把掏耳勺藏起来，还有把浴室灯泡换成旧灯泡的都是我。"

"你……"

"删除足球节目录像的也是我。我不能控制对世界的憎恨,手不听使唤。"

我边说边琢磨,这么老套的故事将司到底会不会信呢?将司再怎么单纯好相处,也不会有人打心眼里接受这些故事吧。

我一边琢磨着这些问题,一边在将司面前跪下。宛如教堂中在神父面前坦白罪孽一样,双手合十,作为"第六个自己"继续"告白"。

朝阳从窗帘的缝隙射入房间,昏暗的房间中笔直的光线伸展到地板上,割裂了我和将司之间的空间。

"这个肮脏、丑陋、肤浅、愚蠢的疯子才是'真正的我'。你很失望吧?一直欺骗你,对不起。"

"那你现在还恨我,是吗?"

将司用困惑中又带着奇妙的平和的声音问道。

"是啊,很恐怖吧?虽然卑鄙,我对你的爱也是千真万确的,很恶心吧?"

将司朝我扑来,我以为他把我看作了敌人,想攻击我,但我错了,将司把我紧紧抱在怀里。

"这就是'真实的晴香'啊!谢谢你把一切都只告诉我一个人!"

令我惊讶的是，将司似乎哭了。他整个人覆盖在我的身上包裹着我，窗外照射进来的光线照在他身上，从我这边看过去就像将司身上的裂缝。

为了迎合"第六个我"，将司中也诞生了崭新的将司。我可以说是见证了这一瞬间。

将司以前所未有的活动方式活动着脸上的肌肉，嘴向两侧横向拉伸，嘴角上扬，鼻子微皱，眼角垂下，额头蹙起。将司创造出一张迄今从未出现过的"脸"，朝我微笑。

"之前一直让你一个人受苦，对不起。今后在我面前，你可以展露全部，'小晴'。我会继续不求回报地把爱奉献给你，我一定会拯救你的。"

"'小晴'……"我茫然地反问。

将司满面皱纹地向我投来越发慈爱的微笑：

"我取了晴香和汉尼拔·莱克特①这两个名字的首字母，组成了'小晴'。这个称呼赞吧？！你可以叫我'锵锵'，是'将'的谐音。天衣无缝啊，今后我就是小晴的锵锵，所以不用担心。"

我战战兢兢地抱住紧紧拥抱着我的"锵锵"。我也想不

---

① 托马斯·哈里斯小说《沉默的羔羊》中的人物。汉尼拔英文为"Hannibal"，与日语中"晴"（Haru）首字母都为"H"。在小说中，汉尼拔被塑造成一个高智商的、患有精神疾病的食人魔。

出其他的反应，这是我能做的唯一的"迎合"。

"锵锵！"

"小晴！"

我们紧紧地拥抱在一起，在我们两个人的"密室"中流转着非拥抱不可的压迫感。

"婚礼的事情全部交给我就好。你的'本性'是只属于我们两个人的秘密，但我也会一点点向大家透露'真实的小晴'。我们这么约好了哦？"

"嗯……"

桌子上，婚礼后两个人入住的新房资料被空调风掀起了页脚。我们将要在"密室"中共度一生。在"夫妻"这个人数最少的集体之中，我们今后将一直是"小晴"和"锵锵"。

快活的、单纯的"将司"已经从我们的世界中被彻底消灭。也许他会在没有我的世界里继续生活，但是我一生都再也见不到他了。

我紧贴着"锵锵"，莫名流下了眼泪。不知是"迎合"的演技用力过猛，还是因为失去了"将司"而感到悲伤，我自己也不明白。

"小晴！"

发现我流泪的"锵锵"抚摸着我的后背，看起来很悲伤，又带着某种欢喜。"锵锵"的抚摸塑造了我的轮廓。

"小晴"忍住悲鸣，在"锵锵"的臂弯里闭上了双眼。窗帘缝隙的光消失了，外面的世界被漆黑的云所覆盖。

SEIMEISHIKI
by SAYAKA MURATA
Copyright © 2019 SAYAKA MURATA
Original Japanese edition published by KAWADE SHOBO SHINSHA Ltd.
Publishers All rights reserved.
Chinese (in Simplified character only) translation copyright © 2021 by Zhejiang Literature & Art Publishing House
Chinese (in Simplified character only) translation rights arranged with KAWADE SHOBO SHINSHA Ltd. Publishers through Bardon-Chinese Media Agency, Taipei.
本书中文简体字版版权，浙江文艺出版社独家所有。
版权合同登记号：图字：11-2020-453 号

图书在版编目（CIP）数据

生命式 /（日）村田沙耶香著；魏晨译 .—杭州：浙江文艺出版社，2021.8（2023.10重印）
ISBN 978-7-5339-6512-9

Ⅰ．①生… Ⅱ．①村… ②魏… Ⅲ．①短篇小说—小说集—日本—现代 Ⅳ．① I313.45

中国版本图书馆 CIP 数据核字 (2021) 第 107815 号

统　　筹　曹元勇
策划编辑　眭静静
责任编辑　眭静静
营销编辑　张赟喆　耿德加
封面设计　compus·汐和
责任印制　吴春娟

生命式

［日］村田沙耶香　著
魏晨　译

出　　版　浙江文艺出版社
地　　址　杭州市体育场路 347 号
邮　　编　310006
网　　址　www.zjwycbs.cn
经　　销　浙江省新华书店集团有限公司
印　　刷　上海盛通时代印刷有限公司
开　　本　880 毫米 ×1230 毫米　1/32
字　　数　135 千字
印　　张　8.375
插　　页　1
版　　次　2021 年 8 月第 1 版
印　　次　2023 年 10 月第 2 次印刷
书　　号　ISBN 978-7-5339-6512-9
定　　价　49.00 元

版权所有　侵权必究
（如有印、装质量问题，请寄承印单位调换）

一本书打开一个世界

欢迎订购、合作

订购电话：0571-85153371

服务热线：0571-85152727

KEY-可以文化

浙江文艺出版社

天猫旗舰店

关注 KEY-可以文化、浙江文艺出版社公众号，及浙江文艺出版社天猫旗舰店，随时获取最新图书资讯，享受最优购书福利以及意想不到的作家惊喜